「…っ！」

　強い刺激にとっさに声を上げてしまう。

　するとアシュファルは手の中に握り込んだ二本の性器をさらに擦り合わせた。

「やっ……あん…っ、出る…っ、から……！　止めて……っ…」

Cocktail Kiss Label

# 囚われた砂の天使

上原ありあ
Aria Uehara

この物語はフィクションであり、実在の人物・
団体・事件等とは、いっさい関係ありません。

# Contents

囚われた砂の天使……………………………………………………005

あとがき……………………………………………………………234

イラスト・有馬かつみ

# 囚われた砂の天使

# 1

「うそ…」

夕暮れの砂丘に一人佇《たたず》み、凛《りん》は呆然と巨大な夕日を見ていた。

——正確には、その夕日に向かって走り去ってゆく一台のランドクルーザーを。

昼の熱気がいまだ籠《こも》る砂をスニーカーで踏み、一歩、二歩と車の影へ向かって駆けようとして、足を取られて転んでしまう。あっ…と声を上げる。開いた口の中に金色の砂が飛び込んできて、激しくむせ返る。

真っ赤な夕日を受けて燃えるように輝く砂漠の真ん中で、凛は全身砂まみれになって座り込んでいた。

待ってと叫ぼうとしても、口や喉《のど》に入った砂が邪魔して言葉にならない。

口元を手で覆《おお》い、焦りすぎて眩暈《めまい》がしそうな気持ちで遥《はる》か彼方《かなた》を見る。

沈む夕日に向かって走り去るランドクルーザーの車体は、もう霞むほど遠い。

砂の上に足を折って座り込んだまま、喉奥を鳴らすようにして咳き込み、ひとしきりそれが治まった頃、凛の周囲には砂漠の夜の帳《とばり》が降りはじめていた。

「……もしかして、これって遭難…とか……？」

凛は砂の上に尻をついて、俯《うつむ》いて胸のあたりに手のひらを置いた。気が動転しすぎていて、今の自分の状況が正確に把握できない。

Tシャツの上に重ねて着た薄手のコットンジャケットとジーンズ、デザートブーツと水のペットボトルが入った小さなリュック。

おおよそ、見渡す限りの砂漠を一人行くには不釣合な姿で、凛——萩原《はぎわら》凛は、日が落ちたとたん急激に冷えてきた空気の中で身を震わせた。

自分を両手で抱いて、心細い気持ちを誤魔化《ごまか》そうとする。

ふと思い立ち、肩に掛けたリュックの中から水のペットボトルを取り出して、駄目だ、と首を振った。その拍子に、髪の中からぱらぱらぱらと砂が落ちてくる。

困り果てて肩を落とし、深い溜息をついた。

「普通、車に乗ったら出発するときツアー客の人数確認するよな……？」

言葉にすると、不安な気持ちがせり上がってくる。

観光客向けの砂漠観光ツアーに参加して、今日で三日目。砂漠の中で昼夜を過ごした身には、昼の灼熱《しゃくねつ》の暑さと相反《あいはん》する夜の冷え込みも知っている。

この軽装で耐えられるのか。それよりも、助けは来るのか。

一人きりで砂漠の中にいる。その、どうしようもない不安の真っ只中で凛はただ途方に暮れていた。

「砂漠の真ん中に、置き去りって……」

呟《つぶや》きながら、夕日の名残《なごり》が赤い帯となっている地平線を見る。

完璧に水平ではなく、ごく緩《ゆる》やかにカーブした地平線をはじめて見たとき、地球は本当に丸かったんだと感激したのが、ずっと昔のことのようだ。

——砂漠ツアーのスタッフが、人数確認を怠って出発したことに気付き、引き返してくる車体が見えたり、とか……。

そんな期待を込めて見つめても、視線の先は夕暮れの美しい光が地平線を染め上げているだけだ。

眩《まぶ》しげに彼方を見つめていた視線が力なく落ちる。引き摺《ず》られるように、膝の上に置いていた両手が砂の上に落ちた。

手でぎゅっと掴んだ乾ききった砂は、この時間でもまだ熱い。しかし、これもすぐに冷たくなるだろう。

「どうしたらいいんだよ……」

吐き出すように呟いても、答える者は誰一人いない。

この砂漠の国、アル・ザファール王国の砂丘の真ん中で一人取り残された凛にとっては、迫りくる夕闇と、市街地の影さえ見えない、三百六十度砂ばかりの光景だけが現実だった。


萩原凛が、一人でこのアル・ザファール王国へやってきたのは、日本で見た旅行会社のパンフレット『何もしない贅沢《ぜいたく》！　砂漠の中で満天の星空を見るツアー』という一行に心惹《ひ》かれたせいだった。

二十一歳の大学生ながら、百七十センチに満たない小柄で華奢《きゃしゃ》な体。茶目の瞳が大きくくっきりとした二重に、ふっくらとした頬、小作りの唇という完璧な童顔。

友人達と一緒にいても、一人だけ年下扱いされてしまう凛が、一人旅で砂漠の国へ行くことは皆にさんざん反対された。

一人で海外旅行は危ない。もう少ししたら、卒業旅行で何処へでも行ける。

そう説得されたが、凛は砂漠の国への一人旅プランを頑《がん》として譲らなかった。

皆と一緒の卒業旅行ならば、誰か一人だけの希望につきあわせるのはおかしい。

野球好きの友人達は、皆、アメリカで大リーグ観戦をしたがっている。それを、自分一人の希望で砂漠に連れ出すわけにいかない。

そう言って友人達を説き伏せ、彼らよりはよほど放任な地元の両親に「旅行に行く」とだけ告げ、家庭教師などのバイトで貯めた貯金をはたいて、一人でこの砂漠の王国、アル・ザファール王国へやってきた。

子供のころから、三六〇度砂だけの光景に憧れていた。

人工の明かりが何一つ無い、自分のまわり全てが地平線の砂漠に一人立ち、天球ドームのような本物の星を見る。

プラネタリウムではない、本物の星。そんな夜空がここにあり、それと同時に最先端の技術を駆使《くし》して形成された近代的な都市がある。

神話的にも思える砂漠の王国。

その真の姿は近代的な国家であることも、凛の興味の対象だった。

産出する石油の豊潤《ほうじゅん》なオイルマネーを礎《いしずえ》にして、砂漠の中に運河《クリーク》を作り、その近辺に整然とした美しさを持つ高層ビル郡と区画整備され緑溢《あふ》れる街並みを作り上げる。

アル・ザファール王国は広大な砂漠は元より、アラビアンブルーの海での海洋リゾート、巨大で豪奢なホテルでのカジノ、黄金市場《ゴールドスーク》や、極端に低い税率での高級ブランドのショッピングなどが華やかな観光の国なのだ。

豊潤とはいえいつかは果てる石油資源だけに頼らず、近代的な産業に着手しそれを見事に定着させている。

国家としてのバランスに感心する……などと、大学で専攻している都市計画と経済効果を思い描き考えながらも、凛の心は幻想的な砂漠に純粋に惹かれてしまう。

あたり一面人工のものが何も無い白い砂だけの場所で、風が砂を運び風紋《ふうもん》を作る音を聞き、夜になったら月明かりと瞬《また》く星だけの静けさに身を委《ゆだ》ねる。

日本から十数時間飛行機で移動し、到着したアル・ザファールの国際空港の近代的な建築と巨大なビルが林立する都市、そこから四輪駆動の車に乗り込んで一時間も経たないうちに現れた一面の砂漠を目《ま》の当たりにして、凛は今まで自分が考えていたことが全く現実味の無いことに気付いた。

凛が砂漠を体験する為に参加したツアーは、三六〇度、どこを見ても一切の人工的なものが見えない場所まで移動して車を止め、昼は灼熱の太陽に照らされた金色の世界を眺め、夜はテントを張ってキャンプをしながら、地平線の際《きわ》まで輝く数え切れないほどの星と銀色の月に照らされた静寂の世界に浸るというものだ。

砂と空ばかりの世界は、同じようでいて一刻たりとも同じ様子を見せることは無い。頭ではわかっているつもりだったが、実際に体感するとその千変万化《せんぺんばんか》に眩暈を覚える。

凛は、そんな砂漠の真っ只中で、忙《せわ》しなく入れ替わるツアーメンバーと共に過ごしていた。

三泊四日のスケジュールで砂漠ツアーに通しで参加しているのは凛くらいなもので、多くの客は半日程度の砂漠体験をして次のスケジュールをこなす為に都市に帰っていく。

砂漠の中を走る車を運転し、夕刻からテントを張り食事の支度《したく》を整えてくれる現地ガイドの青年も毎日代わった。

この地独特の民族衣装、ディスダーシャと呼ばれる白い長衣《ながぎぬ》と白い被り布姿の現地ガイドの青年は、皆、気さくで明るく、現地語であるザファール語の他にある程度の英語を話す。

世界各国から集まっていたツアー客も、英語を話す人が多かった。

凛は英語は日常会話に困らない程度話せるので、意思の疎通《そつう》という面で不自由はしなかったが、忙しなく変わる顔ぶれに困惑することはあった。

ツアーに参加する大部分の客は、皆、砂漠に半日程度留まることで満足し、市街地に戻って豪奢なホテルでカジノを楽しんだり、海洋リゾートをしたり、完璧な緑地整備で美しく整えられたゴルフコースでクラブを振るらしい。

世界各国、どこへ行っても楽しめるカジノやショッピングよりも、ここでしか見られない砂漠の美しさのほうが凛は価値があると思う。

砂漠で満天の星を眺める為にここへ来たのに、すぐに慌しい時間の中に身を置きたがる人達の気持ちが全くわからなかった。

「……そんなこと考えてたから、バチが当たって置き去りにされちゃったのかな……」

冷静に考えれば、ツアー客の参加人数確認ミスなのはわかりきっているが、夜の帳《とばり》が降りはじめる砂漠の真ん中に一人きりでは、バチが当たるなどという非現実的な言葉のほうが真実味がある。

しばらく砂の上に呆然《ぼうぜん》と座り込んでいたが、ふと息をついてゆっくりと腰を上げた。

座り込んでいても状況は変わらない。

ツアーの車が、客を一人置き去りにしたことに気付いて引き返してくるのを祈りながら、ここに来るまで通った、砂漠の中をまっすぐに突っ切る道を目指して歩き出したほうがまだマシだろう。

人工的なものが何もないように見えて、この砂漠には立派な二車線の舗装道路が通っている。

ここは、その道路から逸《そ》れた砂漠の中だけれど、ランドクルーザーが走り去った方向へ歩いていけば、きっと道路にぶつかるはずだ。

道路にさえ出れば、行き来する車に出くわすかもしれない。ヒッチハイクをして、首都に帰れるかもしれない。

そう思うと、体に力が湧《わ》いてくる。

ジーンズについた砂を両手で軽く払い、肩に掛けたリュックをしっかりと背負い直す。

これからすぐに凍える夜が来て、次に灼熱の朝がやってくる。その前に舗装道路のところまで移動しなくては。

所持している水は、ペットボトルに三分の一ほど残っているだけ。食料は持っていない。

空を見上げると、地平線に赤い光が一筋残る夜空に明るい一等星が輝いている。

――あの星の方向に、街があると聞いた。

この三日間、砂漠内を縦横無尽《じゅうおうむじん》に駆け抜けたランドクルーザーの助手席に座り、または車を降りて見上げた明るい星を確認する。

昼は金色だった砂粒は、夜は月光に照らされて銀色に変わる。

砂丘を吹き抜ける風はすでに冷たくなりはじめていて、凜は両手で自分を抱くようにした。

冒険旅行でも何でもなく、単なる観光旅行の砂漠ツアーで遭難しかけている自分が信じられない。

デザートブーツの底に絡《から》みつく砂を気にしながら、空に瞬く明るい星の方向へ――砂漠ツアーのランドクルーザーが走り去った方向へ向かって歩いた。

さく、と、ブーツが砂を踏む音しかしない夕焼けの砂漠を歩み、次第に藍色の闇の気配が降りる空を不安な気持ちで見上げる。視線を砂の上に戻し、目を凝らして車が残していった轍《わだち》を見極めようとした。

それは砂漠を過ぎる風にかき消されて、すっかり薄くなってしまっている。だが、目を細めて見る砂漠のずっと先に、ほんの微《かす》かな光が見えた気がした。

気持ちの底に、ぱっと希望が灯《とも》る。

舗装道路だ。あの光は、そこを走っている車のライトだ。あそこまで行けば、道なりに街に帰り着けるし、通りがかりの車をヒッチハイクもできる。

凛は、うん、と、頷《うなず》いて自分を元気付け、ざくざくと砂を踏んで歩き続けた。


「あれから何時間くらい経ったんだろ…」

砂を吸い込んでしまって少し掠《かす》れた声で呟きながら、凛は砂漠の真ん中を一直線に伸びている舗装道路を歩いていた。

夕暮れから夜の帳が降りる頃に歩きはじめ、今はもう夜半過ぎ。

ランドクルーザーが走り去った方向に見えた輝く星の位置は全く変わらず、凛は相変わらず一人で疲れた足を引き摺《ず》って歩いている。

砂漠の真ん中とはいえ、舗装された道路が真っ直ぐに伸びている場所だ。

通りがかる車の一台や二台、きっとあると思っていたのに、車は一台も通らない。舗装道路の先に街のようなものも見えない。

驚くほど明るい月の光は砂を銀色に発光させて、地平線の影を曖昧《あいまい》にする。

吹き抜ける風は夜気《やき》を含んで冷たく、Tシャツの上に白いコットンジャケットを着込んだだけの体では寒さに身震いをするしかない。

本当に街に辿《たど》り着けるのか……。

何度打ち消そうとしても、不安な気持ちが胸に重く圧しかかる。

すぐに首を振って、必死で否定した。

そんなことを考えても意味は無い。今はただ、この先にある街を目指して歩くしかない。

腕に巻いた時計の針を見下ろして、軽く眉を顰《ひそ》めた。視線を上げて、冷たい銀色の砂漠と満天に輝く星を見る。

夜明けまで、あと三、四時間というところだろうか。

今はコットンジャケットを着ていても寒く感じるくらいだが、一度太陽が昇ってしまえば気温はあっという間に上がる。肌を射す灼熱の光と照り返しに晒《さら》されながら、歩き続けることになる。

不安に押しつぶされそうな気持ちになりながらも、凜はただ歩いた。

呼吸と共に吸い込んでしまった砂が喉に貼りつき、唾を飲み込もうとしてむせ返る。

堪えようとして喉を押さえながら咳き込み、我慢できずにもう一方の手でもどかしく背負っていたリュックを肩から外して水を取り出した。

咳き込みながらペットボトルのキャップを開けようとした手がすべり、あっと思う間にそれがアスファルトの上に落ちる。

片手にキャップだけを握り締めた凜の足元で、ペットボトルの口から、とくとくと、小さな音をたてて水が流れ出していった。

「嘘…っ」

掠れ声で呟き、慌ててアスファルトの上にしゃがみ込む。拾い上げて水を確かめるように透かし見て、底のほうに三センチ程残っているだけと気付いた。

「バカだ、俺……」

むせながら言い、ペットボトルの容器から透けて見える星空を泣きたいような気持ちで見上げた。

視線を下に向け、こぼしてしまった水が黒っぽいシミになっているアスファルトに手のひらを押しつける。虚しい溜息をついた。

「ホント、俺のバカ…っ」

水が残り少なくなったペットボトルを力いっぱい握り締め、がくりと肩を落とす。

いったいどうすれば…。

そう思うものの、焦る気持ばかりが溢れてきてどうすればいいのかわからない。

衝動的にペットボトルを口元に持ってゆき、一気に飲み干してしまう。

はぁ…と吐息をついて、手の甲で唇を拭《ぬぐ》った。

体内を水が流れ落ちていく感覚と共に、すっと頭から血が下がってゆく。

リュックの中に空になったペットボトルを押し込み、一切の不安を振り払うように顔を上げた。

水は無くなってしまった。あとは、なんとしてでも街に辿り着くしかない。

リュックを背負い直すと、空に瞬く星を見上げて深く頷く。水のシミが残るアスファルトから無理に視線を外して歩き出した。

「……これ…何の音…？」

見上げ続けていた砂漠の空が白みはじめ、満天の星空が群青色《ぐんじょう》から薔薇《ばら》色にうっすらと変わり出した頃。

歩いても歩いても、風と砂漠を渡る砂の音しか聞こえなかった凛の耳に、何か別の音が聞こえた。

その音の方向を見極めようと首をめぐらせ、ふっと膝が砕《くだ》けてアスファルトの上に座り込んでしまう。

立ち上がらなければと、両手を砂が吹き上げられるままになっているアスファルトにつく。しかし、手足に力が入らない。

水をこぼしてしまってから、立ち止まるのが怖くて一時も休まず歩き続けたせいだ。体力があるほうではないのに、一晩中、休み無しで歩いてしまった限界がきたらしい。

砂の音に混じって聞こえる異音は、気のせいかと思うほど微かだ。

凛はアスファルトの上にぺたりと腰を落として顔を俯け、嗄《しゃが》れかけた喉で呼吸する荒い音に掻き消されそうなその音を聞き取ろうと耳を澄ました。

どきどきと心臓が脈打つのは、疲れ果てて呼吸が上がっているせいだけではない。遠くで響く低い音に、まさか…と期待してしまうせいだ。

期待して、気のせいだったらどうしよう。

一人で砂漠の中の道を歩いている最中、何度も、聞こえてきたらどんなにいいだろうと願っていた音。

本当に、それだったらこれ以上嬉しいことはない。しかし万が一、空耳だったら。疲れ果てた体が、単なる風の音をそれだと思い込んでしまっただけだったら。

一度、道路に座り込んでしまった体を、もう一度立ち上がらせて、歩き続ける気力が完全に挫《くじ》けてしまうだろう。

期待と不安、二つの気持ちに引き裂かれそうになりながら、音が聞こえる方向をじっと見つめた。

――音は聞こえ続けている。

砂漠を渡る風の音、一時も止まらず砂が流れてゆく音。

その向こうから、微かな音が近付いてくる。

凛が目指し歩いていた、市街地の方向から聞こえてくるこの音……。

「車の、エンジン音…」

乾ききった唇から掠れた声がこぼれる。

口にしてやっと、幻聴《げんちょう》ではないと確信した。

音が次第にはっきりと聞こえてくる。

エンジン音の響きが大きくなる。

朝焼けの白い光が緩やかに連なる砂丘を染め、一直線に貫く道路を走る車体を銀色に輝かせる。

チカリと光を弾く、星の瞬きのような車体が眩しくて目を眇《すが》めてしまう。

凛はアスファルト道路の真ん中で、呼吸さえ忘れて近付いてくる車体を凝視《ぎょうし》した。

——立ち上がって手を振って、助けてと叫んで、車に乗せてもらって街へ行く……。

一瞬にして頭の中にそれらの言葉が渦巻き、朝焼けを切り裂くようにして走ってくる銀色の車体を見つめる。

いろんなことが混じり合って精神的にパニックを起こしているのか、体力的に限界で動けないのか。

とにかく、凛は動かなければと思いながら、呼吸することすら忘れてその場に座り込んでいた。

砂漠の直線道路だからだろう、車は猛スピードで走っている。豆粒程度の大きさにしか見えなかった車が、あっという間に大きくなる。

エンジン音も、道路に舞い上がった砂を蹴散《けち》らして走るタイヤの音も大きくなった。

「立たなきゃ…轢《ひ》かれちゃう……」

唇から、ようやっと言葉を絞り出し、ふらりと立ち上がった。その時、朝の光を受けて車のフロントガラスが瞬く。

あっ、と声を上げて反射的に顔を俯《うつむ》けてしまい、ふらりと足が前に出た。

耳をつんざくようなクラクションがあたり一帯に響く。

「――っ！」

顔を上げた瞬間、近付いてきてた銀色の車体のフロントガラス越しに、信じられないほど端正な男を見た。

真っ白な被り布の下から流れるようにウェーブのついたプラチナ色の髪を覗かせ、褐色の肌に深い翠《みどり》色の瞳をした、精悍《せいかん》な顔立ちの青年。

凛は道路の真ん中に立ちすくんだまま、目を見開いて彼を見つめた。

彼の深い翠色の瞳も、驚愕《きょうがく》した色を湛《たた》えて凛をまっすぐに見つめている。

その視線は射るようなのに、どこか甘美な不思議な印象だった。

急ブレーキを掛けるタイヤの音が響き渡り、唐突に凛の感覚は曖昧になり――。

フロントガラス越しの彼の顔だけが瞼裏に焼きついたまま、凛は目の前でフラッシュをたか

れたように視界全てが真っ白になった。
――意識が、そこで途切れた。

2

甘い……、香りがする……。

睫《まつげ》を震わせ、ようやっと目を開けた凛は、薄く発光しているかのような淡い色合いの世界を見た。

体は柔らかな感触で包まれており、何処からともなくエキゾチックで甘い良い香りがする。

ここはどこ……と思うのと同時に、夜明けの砂漠の道路で見た銀色の車と、そのフロントガラス越しに見た端正な青年を思い出した。

間近に迫った車体とタイヤが擦れる激しいブレーキ音。そして、ふっと目の前が白くなってしまった。

その後は、どうなったのだろう。

「ここ、天国……？」

まったく実感の籠らない声で呟く。そのとたん、喉奥に張りついたままの砂でむせ返り、激しく咳き込んだ。

「どうして、ここを天国だと思う」

笑みを含む軽い吐息の気配と、低く艶《つや》のある甘い声が耳に届く。

こみ上げる咳を両手で口元にあてて堪え、むせ返ったせいで滲んだ涙を指で拭いながらあたりを見回す。

やっと、自分が大きなベッドに寝かされていることに気付いた。

目覚めたばかりでぼやけていた視界が、霧が晴れるようにはっきりとしてくる。

艶やかで柔らかな手触りの寝具はミルク色の絹。ベッドの上には天蓋《てんがい》があり、たっぷりドレープをつけた白い薄布が下がっていたために、自分一人が真っ白な世界にいると思ったようだ。

今、身に着けているのは、寝具と同じ色のシルクガウン。砂まみれのTシャツとジャケット、ジーンズはどこにも見あたらない。

しかし、手や首のあたりにこびりついた砂の手触りがあることで、砂漠を歩いていたのは夢ではなかったのだと思った。

——ってことは、今が夢なのか。

何もかもが曖昧で、何が現実かわからなくなる。

不安でたまらない気持ちを押し殺し、凛は目を凝らして天蓋から下がる薄布の外を見つめた。

視界を遮《さえぎ》り下がる薄布の向こうに、精緻《せいち》な装飾が施《ほどこ》された飾り窓が見える。黒っぽい窓枠の上部だけ緩やかに盛り上がり、頂点を尖らせた独特の形に仕切ってある。その内側は、花や蔦が絡み合う透かし彫りが施《ほどこ》されていた。

強い光は、透かし模様の向こうから差し込んでいるようだ。

その窓の前に、長身の男が立っていた。

頭から白い布を被り飾り紐で留め、白い民族衣装を着ていることはシルエットでわかる。

逆光のせいで彼の顔は見えないが、声だけで整った容姿なのではないかと想像させるものがあった。

「誰…？　ここ、どこ……」

混乱する気持ちは、意識せぬまま震える声に表れる。

落ち着かなければと、シルクガウンの胸に手を押しあてると、こびりついたままの砂がぱらぱらと寝具の上に落ちた。

凛の声を聞き取ったらしい男が、窓辺に佇んだまま、ふと吐息だけで笑う。

「さっき、自分で『天国』だと言っただろう」

微笑に揶揄《やゆ》の色が混じる、どこかエキゾチックな響きのする声だ。凛は、反射的に軽く眉を寄せ、天蓋の薄布越しに彼を睨《にら》み見た。

「それは…気が付いたらあたりが真っ白だったから…っ」

思わず言い返して、はっとする。

彼が話す言葉は発音のしっかりとした日本語だ。

アル・ザファール王国では、街中で全く日本語は通じなかった。観光事業が盛んな国だが、一般的に通じる外国語は英語だった。

それなのに、窓辺に立つ彼は凛の独り言を聞き取り、それに対して言葉少なながらも話しかけてきた。日本語を完璧に理解しているということだろう。

ますます、自分が今、どこにいるのかわからなくなってくる。

やはりあのとき、車に跳ねられて死んでしまったのだろうか。

砂漠の国で命を落としたから、エキゾチックな部屋で意識を取り戻した気になって——窓辺に立つ人は、天使か死神なのか…？

一時《いっとき》にそこまで考えてしまい、否定するように首を振った。

そんな莫迦《ばか》なことがあるはずはない。自分は生きているし、砂にまみれたままの体だということは、砂漠で意識を失っているところを助けられたのだろう。

凛は、言葉を捜して唇を開きかけ、大きく息を吸い込んだ後に彼を見つめた。

「ここは、どこなんですか。あなたは誰ですか。俺、砂漠の中の道を歩いていて、車が近付いてきたところまでは覚えています。それからが、わからない」

「……砂漠を歩いていたんじゃない。座り込んでいた」

今度ははっきりと揶揄する声音で言う。

笑っているのだとシルエットだけでもわかる仕草で手を腰にあて、小さく肩を揺らした。

凛はむっと眉を寄せて片手を彼のほうへついて身を乗り出す。死にそうな気持ちで歩いていたのに、からかわれる謂《いわ》れはない。

「座っていたのは、歩き続けて疲れてたから…っ」

苛立つ気持ちを堪えながら、彼のシルエットが浮かぶ窓辺から目を逸らした。

何が何だかわからなくて不安で仕方ないというのに、はぐらかされてばかりで、一向に話が進まない。

唇を噛み締めてミルク色のシーツを見つめている凛の耳に、彼が再び呼吸だけで笑ったのが聞こえた。

「まだ自分がどこにいるのか理解していないようだな。……それと、質問は一つずつだ。急《せ》かされるのは好まない」

彼の声は穏やかではあるものの、人に指示を与えることに慣れている雰囲気がある。

凛は、唇を噛み締めたまま目を上げ、天蓋から下がる薄布越しに彼を睨み見た。

彼が、ゆったりとした優雅な足取りでこちらに向かって歩んでくる。白い長衣の裾が歩みごとに揺れた。

薔薇色から青灰《せいかい》、白、クリーム色、黒などの大理石を美しいモザイク状に敷き詰めた床を、コツ、コツ、と靴の踵《かかと》を鳴らしながら歩いてくる。

ベッドを覆う薄布のせいで、ぼんやりとしか見えない彼の姿を見極めようと目を凝らした凛の前で、乱暴に薄布が払われた。

――あの人だ。

凛は、ベッドに半身を起こしたままで身を強張《こわば》らせた。片手で払い上げた薄布を支え持っている男を、食い入るように見つめる。

砂漠を必死に歩き続けて、半ば意識が朦朧《もうろう》としていたときに近付いてきた車のフロントガラス越しに見た端正な顔立ち。

白い被り布を銀と藍色の飾り紐で留め、その下からプラチナ色の髪が見える。褐色の肌に涼やかで深い色合いをした翠色の瞳が輝いた。

ほんの一瞬の間に瞳に焼きついてしまった、精悍でエキゾチックな顔立ちの青年がそこにいる。

「あなたは、車の……」

彼から目を逸らすことが出来ず、ようやっと唇を動かした凛に、彼が薄く微笑みかける。ほんの少し口角を上げただけなのにひどく華やかで魅惑《みわく》的に見えた。

「どうした、目に砂が残っていたか。身を清めるより、寝かせたほうがいいだろうと判断したんだが……」

思案げな色合いの声に、凛ははっと顔を上げる。否定する仕草で首を振ると、髪からもぱらぱらと砂がこぼれた。

「あの車に、あやうく轢かれそうに……」

そこまで言ったとき、彼が、ふ、と息を弾ませて笑った。優雅な仕草で自分の顎先に長い指を置き、静かに凛から視線を外す。

え……？ と思った瞬間、ゆっくりと彼の視線が上がった。

凛の目を、涼やかな翠色の瞳が見据える。

どくん、と胸が鳴った気がした。慌てて片手を胸元にあてる。

彼が、白い長衣を片手で払い、ゆったりとした仕草でベッドの端に腰掛けた。人馴れしない小動物を撫でようとする慎重さで手を伸ばし、凛の前髪に触れる。

反射的に身を震わせたが、必死で堪えた。

軽く触れられる程度のことで怯《おび》えるのはみっともない。

身を硬くして、前髪を彼の指が梳《す》く仕草をするのを上目に見る。

彼の銀色の睫に彩《いろど》られた深い翠色の瞳がすっと笑み細まり、静かに凛の目を覗き込んだ。

凛は、思わず肩を揺らしてしまう。それでも唇を閉ざして彼の瞳を見つめ返した。

何か言わなければと焦り、陸に打ち上げられた魚のように唇だけを動かす。

彼が、問うように軽く首を傾げた。

「どうした……？」

その声は低く静かだ。凛は、こくんと唾を飲み込み、彼の指先が砂まみれの髪を弄《いじ》っている感触にきつく目を閉じた。

「あの…水、……貰《もら》えたら…」

ふいに唇をついて出た言葉に自分で驚き、目を瞬かせて顔を上げる。

彼の手が、すっと凛の頬を撫でて静かに離れた。ベッドから立ち上がり、天蓋から下がる薄布を払って外に出る。

白い長衣――ディスダーシャを着た青年はこの国でたくさん見たのに、何故、これほどまでに彼から目を逸らせないのだろう。

彼が天蓋の外に出ていくことで、ふわりと巻き上がった薄布の隙間から彼の姿を目で追いながら思う。

喉の渇《かわ》きは一度意識したら最後、耐え切れない苦しさになる。

天蓋から下がる薄布越しに見える彼が、壁際に置かれた飾棚の上に置かれた銀色の水差しからクリスタルのグラスに水を注ぐ。

その涼やかな音に、こくんと乾ききった喉が鳴った。両手を首にあて、我慢するかのように首を振る。

すぐに水を貰える。そう思っても、「早く」と急かしたくなる。それ程までに自分が渇いていたことに気付かなかった。

凛は喉元を押さえながら、気を紛らわせるかのように室内の設《しつら》えに目を向けた。

薄布越しに見る部屋は、あまりはっきりとは見えないものの、繊細で豪奢《ごうしゃ》なイメージで統一されている。

壁は、白を基調に銀で細かな花や蔦を描いた模様。精緻で息苦しくなりそうな柄なのに、白壁に銀という上品な色遣いのため心理的な威圧感はない。

家具は木目が浮き上がる色合いで艶やかに塗られた黒。ベッドサイドのテーブルや美しい曲線を描く優雅な背もたれのある椅子など、どれを見ても繊細な細工が施されている。

彼が手にしている水差しと、それが載った腰高のチェストも他の家具と同じ漆黒の色合いだ。

水が注がれるグラスの下の銀の盆も美しい輝きを放っている。

凛はカットの美しいクリスタルグラスに入った水を見つめ、そのまま視線を上げて彼の立ち姿を眺めた。

水差しを掴む指はしっかりとした印象で節張《ふしば》って長く、褐色の肌に真珠色の爪が際立っている。

白いゆったりとした長衣を着ていてもわかる、細身ながらもしっかりとした肩の線。精悍で美しく整った目鼻立ちは、西洋と中東が混じり合ったエキゾチックさだ。褐色の肌にプラチナ色の髪と深い翠の瞳は、今まで見たこの国の人たちと全く違う。

この国の男は、黒髪に黒い瞳。それに立派な髭をたくわえている者が多かった。銀髪、翠目で白いディスダーシャを着て、これほど似合う人を見たのは初めてだ。

ベッドに座り込んだまま、まじまじと彼を見つめている凛の視線に気付いたかのように、彼が静かに顔を上げた。

天蓋から下がる薄布越しに目が合った気がして、凛は慌てて目を伏せる。

その仕草が可笑しかったのか、彼が薄く笑って水を満たしたグラスを持った。ベッドの方へ優雅な足取りで戻ってくる。

片手で薄布を払い、凛の目の前にクリスタルのグラスを差し出した。

「ずいぶん熱心に私を見ていたようだが……。何か不審なことでもあるのか？」

からかう響きが混じる、低く甘い声で問いかけてくる。

凛は指摘されたバツの悪さに唇を硬く引き結び、両手でぎゅっと上掛けを握り締めた。

「…髪が、珍しいなと思って……」

「そう、それだけか」

彼が、差し出した水を受け取らない凛に笑みを含む視線を向ける。

反射的に顔を上げた凛は、ごく近くに彼の端正な顔があることを意識して、ぱっと頬を染めてしまう。

何故、見知らぬ青年を間近で見ただけで赤くなるんだ。

そう思うが、意識すればするほど赤くなる。

俯いて上掛けを握り締める凛の横で、彼が小さく笑った。

「お前は、すぐ顔を伏せてしまう。夜明けの砂漠で、あれほどまでに強い眼差しで私を見つめていたサラフェルの瞳はどこに隠しているんだ」

「サラフェル…瞳……？　何、それ……」

聞き慣れない言葉に目を上げて、微笑む青年の翠の瞳を見る。

慌てて俯こうとした凛の髪に、彼の大きな手が伸びた。

凛がとっさに身を竦《すく》めたにもかかわらず、さらりと長めの前髪を指ですくい上げて遊び、その指で凛の頬に軽く触れる。

凛は、不可解な彼の仕草に怯《ひる》んでしまいそうな気持ちを奮い立たせ、顎を上げて彼の瞳を見つめた。

「さっきから、あなたは俺の質問に一つも答えてくれていない。…サラフェルって何ですか、あなたは誰で、ここはどこ……」

「天使」

問う凛の言葉を遮り、短い言葉で返答をする。

凛は、意味が飲み込めずに彼の指先を頬に感じながら眉を顰めた。

「ちょっと待ってください、天使の話なんて……」

「サラフェルは創造物のなかでもっとも美しい顔立ちを持ち、千の言語で神を賛美する天使だ。……遥か昔、この国の王は砂漠でサラフェルと出会った。漆黒の瞳の天使は、この国を何百倍にも栄えさせたという」

そう言って、彼が薄い笑みを消す。凛の瞳を見つめ、真剣な表情で言葉を告げた。

「王がサラフェルと出会ったのは、太陽と月が瞳見交わす砂漠の明け方」

「えっ……」

何の話をされているのか理解出来ず、眉を顰めて言葉を飲み込んだ凛の顎に彼の指が触れた。

その手が突然、顎先に掛けられる。ぐっと持ち上げられ、唇を半ば開く姿勢を取らされた。

驚いて目を瞠《みは》った凛の目の前で、彼が薄く微笑み、片手に持ったままだった小振りのクリスタルグラスの水を口に含む。そのまま、身を寄せて唇に唇を押しあてた。

「――――んっ、ぅ…!?」

唇を指先で開くよう固定されて流し込まれる水は、口移しであるのに冷たくうっすらと甘い。

反射的に逃げようとする凛の体を、首裏を支えている彼の手が止め、顎を取られて強く押しつけられる唇からは飲み込みきれない水が一筋流れ落ちる。

こくん、と、喉を鳴らして必死に注ぎ込まれる水を飲み干す。

含んだ水をすべて凛へと口移した彼が、唇をゆっくりと離しながら舌先で凛の濡れた唇を舐め、細い吐息をついた。

首裏と顎先を捉《とら》えたまま、驚愕《きょうがく》に目を見開く凛をまっすぐに見下ろす。

「一杯の水を振舞うことが、砂漠での客人をもてなす最初の儀式だ」

「…っ……!」

凛は縛《いまし》められていた体を遮二無二《しゃにむに》動かして彼の手を振り払った。

彼の言葉が全く理解できない。

手の甲でまだ濡れている唇を力任せに拭い、彼から少しでも距離を取ろうとベッドの上で後ずさる。

背中にベッドヘッドに置かれている大きなクッションがあたり、それ以上は下がれない。

さっと頬から血の気が引く感覚がしたが、あえて顎を上げて彼を睨みつけた。

「砂漠を歩いていたところを助けてくれたことは感謝します。……でも、あなたの言うことの意味がわかりません！」

「わからない…？　本当にわからないのか」

形のいい口元に折った人差し指を乗せ、笑みを隠すようにして彼が甘く呟く。

問いをはぐらかして楽しむ彼の振る舞いに、凜はかっとして首を左右に強く振った。

「俺は単なる観光客だ、この国の伝説とか、そんなの知りません！」

「知識がないことをひけらかすのは、あまりいい方法じゃない」

凜の言葉を遮り、からかうような響きの混じる声で言う。

緊張で身を硬くしている凜を静かな視線で見つめ、ベッドの端に座った姿勢で優雅に脚を組んだ。

「男か女か曖昧に思えるほどの華奢な体に、朝日を受けて朱赤にも白にも輝く砂をまとい、走り来る車から逃げようともせずに佇むお前は神々《こうごう》しいまでに美しかった。――伝説が、再び始まろうとしているのだと思ったよ」

「なに言ってるんですか……。あの時は疲れ果てて、逃げなきゃって思いながら身動き出来なくて……」

彼の言葉の意味がわからず口籠る凛に、彼が甘く微笑む。透き通るような翠色の瞳がすっと細まった。

「砂漠で出会ったサラフェルを王が娶《めと》ったのは、王が生まれて一万と一日が過ぎた日のこと」

「それが、何だっていうんですか」

それ以外の言葉が見つからず、ぎゅっと唇を噛み締める。

「――萩原凛。二十一歳。国籍、日本」

何の前触れもなく、淡々とした声で彼が告げる。凛は、えっ、と声にならない声を上げて、僅かに身を乗り出した。

「どうして俺の名前……っ」

「パスポートが君の荷物の中に入っていたから」

凛は慌てて回りを見渡して、旅の間、肌身離さず持っていたリュックが無いことに気付いた。服を着替えさせられていただけではなく、荷物を奪われている。パスポートと財布、クレジットカードを取り上げられているらしい。

豪奢な部屋と相手の身なりを見れば、強盗目的ではないだろうと思う。だが、今の状況が全くわからない。

凛は、シルクのガウンの胸元を押さえながら彼のほうへ身を乗り出した。

「教えてください、ここは何処なんですか。あなたはいったい……っ……」

「私の名は、アシュファル・アル・ハーリス。この国の王族の一人で、ここは私の宮殿だ」

「……王族……、宮殿……？」

普段は全く使わない言葉が耳に飛び込み、凛はとっさに唇を閉ざした。

アシュファルが、凛の表情を見て軽く片眉を上げる。ふいに、何の前触れも無く強い力で凛の腕を掴むと、自分のほうへ引き寄せた。

「……やっ……！」

抵抗する間もなく、凛はアシュファルの膝の上へ引き倒されてしまう。彼の膝の上へ頭を置く形で寝かされた。

緊張しきった体は、痛いほど強張る。

膝の上に頭を置かされて見上げるアシュファルの顔は端正で、プラチナ色の髪と翠色の瞳が、暑い国のものである褐色の肌を冷たく彩っていた。

アシュファルが、凛を見下ろしながら薄く笑う。

「お前は、かつての王がサラフェルに出会った、一万一日と同じ日に私の前に現れた。伝説の再来だ」

「だから、俺はそんなの知らない……っ」

凛はアシュファルの膝の上に頭を置くようにさせられたまま、怯える気持ちを必死に押し隠して目を上げた。

真上にあるアシュファルの瞳は、穏やかなようで冷たく輝く翠色をしている。深い部分に何か窺《うかが》い知れぬものを持っているかのように見えた。

アシュファルは、凛を力ずくで押さえつけているというのに、もう一方の手で優しく凛の額を撫でる。そっと前髪を梳き上げ、額をあらわにさせて眉間《みけん》を指先でなぞった。

それは眠りを誘うほど穏やかな指の動きだ。なのに、もう一方の手は抵抗を許さぬとばかりに凛を強く押さえつけている。

――怖い。

凛は、ぞくりと身を震わせて彼の翠の瞳を見上げた。

褐色の肌にプラチナの髪、翠色の瞳の美貌の青年が、本当にこの国の王族であるのか否か。

今、それを確かめる手段は無い。

けれど、この優しげな手は、同時に思うままに他者を扱い自由を奪う。

逃げなければと思っても体が動かせない。息をのむほどに美しい顔を見上げるのが精一杯だ。

明け方の砂漠で出会ったときと同じだと思う。

疲れきって動けず、立ち竦んだままアシュファルの車が迫り来るのを見つめていた。逃げなければと思いながら、身動き出来なかったあのときと同じだ。

黙って唇を噛み締める凛を膝の上に寝かせたまま、アシュファルが微笑んだ。エキゾチックな美貌が匂い立つような華やかさに彩られ、凛は目を見開いてしまう。

アシュファルが、片手で凛の額を、もう一方の手で体を押さえたままそっと身を屈めた。

「砂漠の天使の祝福を……」

言葉の語尾が笑みで消える。

凛は、近付いてくる美しいアシュファルの瞳に魅入られたように息を止めた。

ぎゅっと硬く結んだ唇に、温かく柔らかなものが触れる。

キス、されている。

驚愕で身動き出来ず、唇を噛み締めたままアシュファルの口付けを受け止めた。

混乱と怯えと、一口分の水を貰っただけでは癒《い》えぬ渇きに身を苛《さいな》まれながら、凛はアシュファルの膝の上で身を硬くする。

いったい、自分はどうなってしまうのか。

極度の不安と緊張のせいで、強張った体がどんどん冷えてゆく。

手足の先が冷たく、頬や頭から血の気が下がる。貧血を起こしたときのように視界に紗《しゃ》が掛かり、聴覚が鈍くなってゆく。

「……凛」

耳元でアシュファルの声がする。

名を呼ばれたと思った瞬間、強い力で体を抱き寄せられた。

微笑みながら押さえつけ、キスをしてきたときとは違う、大きな胸の中に抱き込んで保護するかのような仕草に、凛は淡い吐息をつく。

困惑と緊張と不安で固まっていた体が、くたりと柔らかくなった。

今さっきまで、自由を奪っていた相手に抱き締められて安心するのはおかしい。

そう思うのに、緊張の極みで冷たくなってしまった体を、誰かに抱かれて包まれることを心地良いと感じてしまう。

「眠いのならば、眠ってしまいなさい。疲れているんだ、君は……」

耳元で聞こえる柔らかな声と、抱かれて背中を撫でる大きな手の優しい動きに、凛の意識はふわりとした眠気にのまれた。

そのまま、すうっと息を吐くようにして眠りに落ちる。

意識が薄くなる寸前、もう一度、「凛」と、自分の名を呼ぶ甘い声を聞いた気がした。

## 3

「……全く、子供のようだな……」

ベッドに腰掛けた姿勢で抱き締めた腕の中、小さな寝息をたてている凛を見下ろしてアシュファルは苦く笑う。

母国語であるザファール語で語りかけても、きっと意味を理解することはないであろう、東洋の青年の頬を、壊れものでも扱うかのように静かに撫でた。

腕の中にいる彼は、青年と呼ぶにはあまりにも曖昧な姿をしている。

砂漠を貫く道路に明け方に一人で佇んでいた姿は、伝説のサラフェルそのものだと思ったほど、清らかで神々しくも美しい様子であったのに。眠り込む顔は十代半ばの子供のようだ。

凛をベッドに横たえようとしたとき、部屋の扉が控えめに三度鳴った。

アシュファルは、ベッドに寝かせ直した凛に視線を落としたまま、日常使っているザファール語で「入れ」と呟く。

繊細な彫刻を施した黒檀《こくたん》の扉が静かに開いた。

「アシュファル様。何か不都合が御座いましたか」

柔らかなザファール語で語りかけてきた青年に、アシュファルは視線を向ける。

扉の前で半ば顔を伏せるようにして立つ、白いディスダーシャに黒のガウンを羽織《はお》った黒髪の青年に緩く首を振った。

「カリムか…。いいや、不都合は…いや、不都合と言うべきかな……」

語尾を吐息に溶かして言い、アシュファルはカリムと呼んだ黒髪の青年に薄い笑みを見せた。

青年が、静かな仕草で顔を上げる。瞼を閉ざしたままの涼しげな面差しをアシュファルと凛の方へと向けた。

ああ、と納得したかのように頷く。

「眠ってしまわれたのですね。急に、気配が薄くなったので何事か起こったのかと思いました」

白い被り布から一筋、ひと括《くく》りにしたストレートの黒髪を覗かせた青年が控えめな笑みを浮かべる。

アシュファルは、彼とベッドの上の凛とを交互に眺めた。

「さすがだな。扉の外に控えていてもそこまでわかるか」

「ええ…もの見えぬ目の代わりに音を視る。それが私の務めですから」

穏やかな声で言い、表情を静かなものにする。閉ざした目ではなく、音で状況を知るという言葉通りに耳を澄ませる表情になった。

「寝息が穏やかですね。ずいぶん深い眠りのようです。……この状況下で眠り込むことが出来るのは、よほど器の大きい方らしい」

静かで落ち着いた言葉に、穏やかな笑みの気配が滲む。

アシュファルは、カリムを一瞥《いちべつ》して苦く笑った。そして、腕の中からベッドに移したことにも気付かぬ様子でぐっすりと眠っている凛に視線を向ける。

凛の額に掛かる髪を軽く指で払った。

「確かにな。見知らぬ場所で目覚めて、知らない相手に、サラフェルだなどと断言されて、よく眠り込める……。常人と違うということか」

アシュファルの声音も笑みがもれ、凛と話しているときとは僅かに調子が変わる砕けたものとなっている。

母国語であるザファール語で会話しているからという理由もあるだろう。凛と会話する時に使う日本語は、所詮、成人してから身につけたものでしかない。

各国首脳や大使と交渉する時、通訳を通すより自らの言葉で話すほうが遥かに有利である。そう判断したからこそ、世界の主要国の言葉は一通り習得した。

外交の為に身につけた言葉であるから、普段の言葉よりも格段に硬いものになっているのだろうとアシュファルは思う。

カリムが、物音一つ立てぬ静かな足取りでベッドの横までやってくる。絨毯《じゅうたん》の上にすっと膝をつき、閉ざしたままの目をアシュファルの足元へ向けて深く一礼をした。

「おめでとうございます、アシュファル様。伝説の一万と一日目に砂漠でサラフェルの化身を見出された幸福をお喜び申し上げます。……国民も、さすが生まれ落ちた夜に砂漠に月光虹がたった王子だと称えることでしょう」

「……カリム。国民は、彼をサラフェルと認めると思うか」

絨毯に膝をついたまま深く礼を取るカリムに、アシュファルは静かな視線を向ける。カリムが、頭を垂《た》れたまま小さく頷いた。

「他の誰でもないあなたが……生まれ落ちた夜から、『大いなる王は月光虹と共に現れる』というこの国の神話を体現なさったあなたが、伝説の日に出会ったのです。――アシュファル・アル・ハーリス王子がサラフェルを見出したと発表すれば、国民は狂喜するでしょう」

カリムの静かな声に、アシュファルが皮肉めいた微笑みを浮べる。ベッドに寝かせた凛に視線を向けながら、淡い吐息をついた。

「確かに、私は生まれ落ちたときから神話と共にある。――その私が、伝説通りの日、伝説通りの朝に砂漠で出会った漆黒の髪と瞳の美しい者……しかし、彼は日本人観光客なのは間違いない事実だ」

呟く声で言って、ディスダーシャの腰を探り日本国と表紙に印刷されたパスポートをカリムの方へ放る。

カリムは瞼を閉ざしたままで片手を差し出し、その手のひらでパスポートを受け取った。手触りでそれと気付いたらしく、両手で持ち直すと少し困ったような笑みを浮べて頷く。

「これが彼の……、サラフェル様のパスポートですか」

「そうだ。私のオフィスに保管しておいてくれ」

「承知いたしました」

アシュファルへと顔を向けてカリムが頷く。

アシュファルはベッドの端に腰掛けたまま、慎み深い仕草で凛のパスポートを押し頂くカリムを見つめた。

目が不自由である代わりのように、カリムは非常に研《と》ぎ澄まされた聴力を持つ。

視力に頼らず聴力だけで風を切る音を聴き取り、投げ渡されたパスポートを受け取ることですら簡単にこなす。

王族には、それぞれカリムのように特殊な力を持った侍従《じじゅう》がつくことが多い。公務時はもちろん、プライベートの場でも可能な限り共に行動し、特別な力で王族を護《まも》るのが使命だ。

カリムは扉を隔てていても、室内の音を聴くことが出来る。

昨夜はカリムを置いて砂漠に出かけたが、明け方に帰ってきたと思えば、気を失った青年を連れ帰ってきたのだから、今日は殊更《ことさら》警戒して室内の音を聴いていたことだろう。

アシュファルはベッドの端に腰掛けたままで、片手を口元に緩くあてて声を殺し笑った。

その気配を聴いたらしい、カリムが瞼を閉ざした顔をアシュファルに向ける。静かだった表情が少しだけ和《なご》んだ。

「アシュファル様の仰りたいことはわかっておりますよ。『閨《ねや》の声まで聴く気か？』でしょう。ご心配には及びません。その客人がサラフェルの化身であるならば、私は別の館に移ります。サラフェルを娶《めと》った王は、アル・ザファールの国に豊かな富をもたらすのですから」

「まあな……。しかし、サラフェルの伝説を我が民が本当に信じるか否か」

軽い口調でありながらも、アシュファルは観察するような視線を眠っている凛に向ける。

カリムが、床に膝をついたままで重々しく頷いた。

「出生のときより伝説を体現なさっているアシュファル様が見出したサラフェルです。民が疑うわけはございません」

カリムの言葉をアシュファルは無言のままで聞く。そしてベッドから静かに立ち上がると、その傍《かたわ》らに立って凛の寝顔を見下ろした。

「……そうだな。この私が見出したのだから。彼は、間違いなくサラフェルだ」

「ええ、その通りです」

静かな声でカリムが言う。アシュファルはゆっくりと視線を動かしてカリムを見た。

「彼……凛を近くに置くことにする。宮殿の者達にその旨を伝えておくように。それと、凛の国と家族への連絡も頼む。彼の今までの生活を詳細に調べ、無理のない理由を作り出して、帰国が遅れる根回しをしておくように」

「はい」

カリムが静かに頭《こうべ》を垂れた。そしてディスダーシャの裾をさばいて立ち上がると、再び礼を取りその場を離れていく。

アシュファルは、眠り込んでいる凛の傍らでカリムが立ち去るのを見送った。

カリムが公務として自分の側にいるのはもっともだと納得しているが、時折息苦しくなることがある。

幼い頃はまだ、外の世界を知らずにいたから良かった。常に身の回りに幾人かの人がいて、それらに世話をされながら暮らすのが当たり前だった。

人の目も耳も意識せず、誰が側にいようとも自然に振舞えた。

しかし十代後半から六年間、国外の大学と大学院に留学してから意識が変わった。

学業を修め、自国に帰ってきて以来、常に人目に囲まれた暮らしが息苦しくてならない。

もちろん、王家の者たる自覚は持っている。王が残した王位継承権保持者は数多いるが、その第一位は自分だ。王直系の息子であり、亡き母はヨーロッパの小国ながらプリンセスの身分だった。

父である王は、自らのハーレムに血筋のいい娘は決して招かなかった。その為、自分以上に尊い血筋の者は王位継承者の中に一人もいない。

王の子であっても国民と同じ身分になり、王家の援助を受けて最高の教育を施されて、多くは官庁へ就職する。

ここに控えるカリムも、その数多い王の子の一人だ。

特殊な才能を持って生まれたが故に、王宮を出ず成人してからも王族に仕えて暮らすことを選んだ。

彼の異母兄弟達は今、国の中枢機関で働いている。

それらは、アシュファルの異母兄弟でもあるのだが、彼らとアシュファルとの身分は生れ落ちた瞬間から全く違うものだった。

アシュファルは正妻の子である上に、誕生の夜、月光の中に浮かび上がる虹が砂漠に現れたという、この国に伝わる神話と同じ出生だ。

砂漠の民たる褐色の肌に、プラチナ色の髪、冷たいと言われる翠色の瞳。母がヨーロッパの王国のプリンセスという血筋より、この神話と同じ出生が自分を王位継承第一位にしているのではないかと思う。

この国の民は神話や伝説、伝統を重んじる。

砂漠に虹がたつこと自体大変珍しいのに、それが夜、満月の光を受けて月光虹が現れることは、何千年に一度のことだ。

自分が、その稀有《けう》な自然現象が起こった夜に生まれたということは、幼い頃から意識させられてきた。

この国の神話と同じ生まれ、神話を体現する王子として。


「……サラフェル」

アシュファルは凜が眠るベッドを見下ろしながら呟く。

一万と一日目の明け方、サラフェル……砂漠の天使を王が見出すことも、この国の古い神話の一つだ。

神話を体現する自分が、一万と一日目の明け方に見出したサラフェルは、深夜の空の藍色から朝日の茜色に変わっていく、美しい砂丘を貫く直線道路にいた。

アシュファルは、規則的な寝息をたてている凜を黙って見下ろす。そして静かに踵《きびす》を返すと、部屋の扉へ向かった。

扉の前に立つだけで、それは静かに開く。

外には、アシュファルの小姓《こしょう》であるディスダーシャに赤いチェックの被り布を身に着けた少年数名とカリムが立っていた。

扉を隔てていても、カリムはアシュファルの足音を聴き取る。そして、小姓の少年に指示を出して扉を開かせるのだ。

アシュファルは、歩みの速度を変えることも無く開いた扉から廊下に出た。

精緻《せいち》な飾り窓越しに中庭を望む回廊を歩き出すと、小姓三名が付き従う。一番近くを歩く小姓頭の少年に、凜が目覚めたら身支度をさせて部屋に寄越すようにと言いつけた。

小姓達の最後尾、気配を消して付き従うカリムを振り返り、アシュファルは気安く皮肉げな微笑を浮べる。

「サラフェルの為に午前中のスケジュールが狂ってしまったが……。お前のことだ、オフィスの秘書達に、上手く説明をしていてくれただろうな」

軽い口調の言葉に、カリムが表情を柔らかくして頷いた。

「もちろんです。……それと本日夜にマリアム様が専用機でこちらにいらっしゃると連絡が入りました」

大理石敷きの廊下を行くアシュファルの足が止まる。それに従い、ディスダーシャ姿の小姓の少年達とカリムも足を止めた。

アシュファルは眉根を僅かに曇らせてカリムに向き直る。

「姉君……いや、ミセス・マリアムは少し羽目を外しすぎなのではないのか。公爵と側近の苦労を思うと、気が気ではない」

アシュファルの言葉に、カリムは苦く笑うだけだ。

諦めたような軽い溜息をついてアシュファルは再び歩き出した。

午前中の仕事を全て放り出してしまったオフィスは秘書達が苛立っている頃であろうし、マリアム——他国に嫁いだ実の姉も宮殿に到着したら早々に顔を見せるだろう。

姉は、生まれながらの姫君という性質で、王家から降嫁《こうか》した持参金と、爵位を持つヨーロッパの富豪である夫の資産を有意義に使い暮らしている。

ただ、退屈だからという理由だけで自家用ジェット機で世界中を飛び回っているのだ。

アシュファルは苦いものを噛んだような表情で、もう一度吐息をつく。そして、仕事用の静かで冷たい表情になると、ディスダーシャの裾をさばく足を速めた。

仕事は数限りなくある。

王位継承権一位の王族としての公務、油田開発とダイヤモンド鉱山の管理、環境保護とリゾート開発の企業を含めた会社の運営。

二十八歳という若さだからこそ、無理を押してこなせる仕事量なのだと思う。

優秀な多くのスタッフに支えられているが、正直を言えばまだ人材が足りない。

「余計なことに気を取られている暇はない…か……」

呟く言葉は日本語だった。後ろに付き従ってくる小姓の少年達は日本語を解さない。

アシュファルは、余計な思いを振り切るように軽く首を横に振る。足を速めて、執務室へと急いだ。

# 4

再び目覚めた凛が見たのは、一面の茜色だった。

眠りすぎてぼんやりとした目を瞬《しばたた》いて部屋の中を見回す。

ミルク色の寝具に囲まれた豪奢なベッドに寝かされているのは変わらないが、黒い飾り格子の窓から差し込む光が茜色に色づいている。それが部屋の壁や天井を美しい色に染め上げているのだ。

「ん……」

声にもならないような小さな声を上げ、肌触りのいい寝具をもぞもぞと引き下ろして半身《はんみ》を起こす。

そのとき、部屋の扉が控えめに三度鳴った。

「えっ……は、はい」

とっさに日本語で返事をしてしまう。

それを聴き取ったかのように扉がゆっくりと開き、ディスダーシャに黒いガウンを羽織った男が数名の少年を従え部屋に入ってきた。

流暢《りゅうちょう》な英語で穏やかに問いかけられる。

凛は、とっさに頭の中で英語を理解しようとする。寝ぼけた頭が、じんとするように痛んだ。

「悪くはありません……」

気分はどうですかと問われたと理解して、言葉少なく英語で答える。発音にはそれ程自信は無いが、日常会話程度ならば自分の語学力でも不自由はしないはずだ。

黒いガウンの男が、目を伏せたまま穏やかそうな笑みを見せた。再び、穏やかな印象の柔らかい声で英語を話した。

今度は、すぐに頭の中で日本語になる。丁寧な言葉遣いで、水か果物を持って来させましょうと言っている。

凛は、一も二も無く頷いて、水を下さいと英語で訴えた。

彼が、伏せたままの目を傍に立つ少年達に向ける。彼らは、白いディスダーシャに赤いチェックの被り布を身に着けている。

黒いガウンの青年の仕草を読み取ったのか、小さな声で返事をして一人が壁際のチェストの上にある水差しとコップの方へ向かい、別の二人が凛のほうへ来る。ベッドに起き上がった姿勢でいた凛の背にクッションをあて、楽な姿勢になるようにと世話をしてくれる。

せいぜい、十代前半にしか見えない少年達に世話を焼かれ恐縮している間に、銀の盆に載った水のグラスが運ばれてきた。

とっさに、これを口移しで飲まされた……と、眠りに落ちる前のことを思い出してしまう。かっと頬が赤くなったが、首を振ってその記憶を意識の底に押し込めた。

一つ会釈をしてグラスを受け取り、冷たいグラスの手触りを楽しむ余裕も無く、くっと一息で飲み干してしまう。

ほっと吐息をついて空になったグラスを握り締めながら、もう一方の手で唇を拭うと、くすりと小さな笑い声が聞こえた。

はっとして目を上げると、黒いガウンの青年が口元を手で覆って笑っている。凛は、彼の伏せられた瞼を戸惑う視線で見つめ、頭の中で、日本語を一度英語に変換してから、何かおかしいことがありますか、と、問いかけた。

「……いいえ。ただ、ずいぶん喉が乾いていらっしゃったんだと思いまして」

返ってきた言葉は、丁寧で発音のしっかりした日本語だ。

凛は、えっ、と息をのんだ。

「あのっ、日本語を話されるんですか!?」

凛の問いに、男が薄い笑みを湛えて静かに頷く。少年達にこの国の言葉で何か指示をすると、彼らが凛のグラスに再び水を満たした。

慌てて、ありがとう、と、少年達に日本語で言う。彼らは日本語は理解していないようだが、頭を下げた凛の仕草で礼を向けられていることに気付いたらしく、少し照れたような子供らしい笑みを浮べた。

凛は、なみなみと水が注がれたグラスをあおって一気に水を飲む。はあ……と、小さな息をついて手の甲で唇を拭い、躊躇《ためら》いがちな視線を黒いガウンの男へと向けた。

「あの…失礼ですけど、あなたの目は……」

つかえながら言うと、彼が鷹揚《おうよう》に頷いた。

「はい、目はほとんど見えません。お気になるようでしたら、私は席を外します」

「いいえ！　そういうんじゃなくて…あの……」

凛は少年からグラスを握り締めながら口籠もる。空になったグラスには、再び水が注がれた。

目を伏せたままの青年が、優雅な仕草で一つ会釈をする。

「申し遅れました。私はカリムと申します」

「萩原…凛です」

とりあえず名乗ったものの、次に何を言えばいいのかわからない。

両手でグラスを持ち、冷たい水を少しずつ飲みながら上目遣いであたりを窺った。

部屋の中は、飾り窓の外から入り込んでくる光の加減で夕方だとわかる以外、何の変化もない。

おずおずとグラスを傾けて水を飲んでいる間に、グラスが空になった。

控えめな仕草で、傍らに立つ少年がグラスを受け取るかのように銀色の盆を差し出す。ありがとうと日本語で呟いてそれにグラスを載せた。

にこやかな笑みを浮かべて彼がそれを引くと、もう一人の少年が後ろに立つ。同じように穏やかな笑みを浮かべて凛が着ているガウンに手を掛けて脱がしにかかった。

えっと息をのみ、とっさに両手でガウンの襟を押さえる。

清らかなボーイソプラノの英語で、「遠慮なさらず」と告げられるが、凛は何が何やらわからない。

カリムが目を伏せたままで小さな笑い声をたてた。凛は、縋《すが》るように彼を見る。

「あのっ…、何なんですか」

「お召し替えをお勧めしています。湯を使って身を清めて下さいませ。小姓達がお世話をいたします」

「お湯は有難いですけど、世話は結構です！」

穏やかながらも強引な少年達の手からガウンの襟を守るように身を縮める。それでも、少年達は手を差し伸べる。

無理に手を払い除けたら、自分より遥かに小さな彼らに怪我をさせてしまいそうで、本気で抵抗することが出来ない。

戸惑う凛のまわりを取り囲む少年達が、にこやかに凛のガウンを肩からすべり落とす。

凛の体から、砂漠を彷徨《さまよ》っていたときにこびりついたままになっていた砂がぱらぱらとベッドに落ちた。

傍らに立っているカリムが、顔をこぼれた砂のあたりに向けた。

「ああ…。いつまでも砂を被っていてはいけませんね」

「え、見えてるんですか？」

とっさに顔を上げ、カリムの伏せられたままの目を見る。カリムが、優雅に口元に手をあてて微笑んだ。

「いいえ。シーツに砂が落ちる音がしましたから」

「音？」

「はい。私は目でものを見ずに音で視るのです。大抵のことはこれでわかります」

事も無げに言うカリムの声に、凛は納得出来ぬままに頷いた。

音で視るということは、何となく理解できるよう気はするものの、寝具に砂が落ちた程度の小さな音まで聴き取れるものなのだろうか。

そんなことを考えている間に、凛の肩には真新しい白いバスローブが着せかけられていた。ベッドから降りるようにと英語で少年達に促され、混乱する気持ちのままで立ち上がる。

素足で大理石の床を踏み、部屋の奥まった場所にあるバスルームへと導かれた。

一歩踏み出すたびに、体のそこかしこについていたらしい金色の砂がこぼれて、美しい格子模様の大理石の床に跡をつける。

自分の存在がここを汚しているようで、心苦しい。

付き添う少年達と共にバスルームへ向かう凛の背中に、カリムの穏やかな声が掛かった。

「小姓達は、凛様の湯あみのお世話をいたします。どうか遠慮なさらず、その者達にお任せ下さい」

とっさに振り返り、お世話と言われた言葉を頭の中で反芻《はんすう》する。

とんでもない、と首を振りかけたが、まわりを取り囲む少年達の細さや小ささを見回して、再び強引に振り切って逃げ出すことが出来なくなってしまった。

居たたまれない思いでカリムを振り返ると、衣擦《きぬず》れの音で凛の仕草に気付いたらしい。微笑みながら頷いている。

凛は、あの…と、言いかけて唇を閉ざす。

改めて大きく息を吸い込み、意を決してカリムに問いかけた。

「アシュファルはどこですか？　俺、いったいどうすればいいんですか」

「アシュファル様は執務室にいらっしゃいます。凛様には、サラフェルとして宮殿で暮らしていただきます」

「えっ……！」

息をのんだところで、凛は少年達にバスルームへ押し込まれてしまった。

カリムとまだ話したいことがあると少年達に訴えたが、とっさのことで英語が出てこない。日本語で言った言葉は少年達に通じない。

少年達が、にこにこと笑って凛の世話をしはじめる。凛は彼らの手で閉ざされたパウダールームの扉を見つめた。

「……もう、どうすればいいんだよ…っ」

半ば自棄《やけ》になるような気分で呟く。

押し込められたパウダールームからバスルームを見て、その豪華さにうめくような声を上げてしまった。

白大理石と黒大理石が市松模様になった美しい床と、奥に設えられた猫足のバスタブ。金色に光るカランと、そこから迸《ほとばし》る湯、全てが完璧に美しい。

それらを見つめている間に、少年達の手が凛のバスローブを剥《は》ぐ。

待って、一人で出来る……そんな言葉を周囲を取り囲む少年達に言っても、彼らは相変わらずにこにこと笑うだけだ。

恥ずかしいなどと言う間もなくバスバブルのきめ細かい泡が立つバスタブに押し込まれてしまう。

力ずくではなく、か弱い少年達に囲まれることで、一切の抵抗を封じられてしまうことがあるんだと思い知りながら、凛は泡の中に沈められた。四方から伸びる少年達の手で丁寧に身づくろいをされる。

柔らかな海綿で肩を撫でる者、ブラシで髪を梳《す》く者、バラの香りがするシャンプーで髪を洗おうとする者、手の甲や指先をマッサージする者。とにかく、ありとあらゆることを一時にされてしまって、口を開く暇も無い。

それでもなんとか一通りのことが済み、濡れた髪をタオル地のターバン状のもので上げて、改めてバラの香りの湯の中に浸からせてもらったときには、意識せぬまま深い吐息がこぼれた。

「……あら、ずいぶん可愛いらしい方」

ふいに、甘やかな響きがする女性の声が聞こえた。

凛は、湯の中でびくっと体を揺らして声のしたほうに顔を向ける。

バスルームの戸口に寄りかかるようにして、黒い薄布で全身をすっぽりと覆った女性が立っていた。

濃い翠色の瞳に、くっきりとした黒でアイラインを引いたエキゾチックな目元だけが見えている。

その瞳を前にも見たことがあるような気がして、凛は軽く眉を顰めた。

黒い薄布をまとった女性が、甘やかな吐息だけで笑う。正確な日本語の発音で、「どうしたの」と、問いかけた。

「ずいぶん難しい顔をしているのね。……ああ、これが気になるのかしら。顔がほとんど出ていない衣装では、どこに向って話をすればいいのか迷うらしいものね」

そう言うと、頭から被っている黒い薄布を指先で抓《つま》んで揺らす。しゃら、と、手首のブレスレットが鳴り、するりと黒い薄布が引き下ろされた。

凛は、湯の中で膝を抱えた姿勢で、ぽかんと口を開いてしまう。

黒い薄布の下から現われたのは、太陽のように明るい黄金色の巻毛だった。緩やかに波打って肩を覆い、腰まで届いている。

身に着けているのは、体の線に沿って美しくドレープがついている光沢のある若草色のキャ

ミソールドレス。ボリュームのある胸とくびれたウエストを強調するかのような、ゴージャスな装いをしている。

褐色の肌には、幾重にも巻かれた金のブレスレットと大きな雫《しずく》型のダイヤモンドが喉元で揺れるデザインのゴールドチョーカー。

膝丈のドレスの裾から覗く足はほっそりとしていて長く、銀色のパンプスの先まで伸びていた。

そして、その整った容貌は……。

「アシュファル…の、お身内の方ですか……？」

戸惑う声で問いかける。

そのときになってはじめて、凛は自分のまわりで世話を焼いてくれていた少年達が一様にバスルームの床に片膝をついて右手を胸にあてているのに気付いた。

少年達は何も言わずに目を伏せているが、その様子から、黒い薄布を取り去った女性が身分の高い相手なのだろうと思う。

バスルームの外から、カリムのものらしい声が聞こえた。凛には聞き取れない、この国の言葉で女性に向かって何かを言っているようだ。

金髪の女性が、片手に持った黒布を優雅な仕草で腕に掛ける。アシュファルとよく似た美貌が華やかな笑みの形になった。

「ごめんなさいね、なんだかまわりが煩《うるさ》くて。……あなたが、アシュファルが砂漠で見出したサラフェルね？　あの子の一万と一日が近いからと思って、飛んで来たのは正解だったわ。このわたくしが、アシュファルが体現する神話を見ないなんてありえないもの」

「え…？　あの、あなたは……」

わけがわからず口籠った凜に、女性がにっこりと微笑みかける。アシュファルとよく似ているが、彼よりも艶やかでゴージャスな美しさが表情から溢れ出た。

「わたくしはマリアムというの。アシュファルの姉であり、彼の神話の傍観者《ぼうかん》」

「傍観者……」

意味が全くわからないものの、アシュファルの姉だという言葉には納得した。顔立ちがそっくりだ。

アシュファルが月光のように冷たげな美貌であるのに対し、彼女、マリアムは太陽の光のような明るさがある。

凜が呆然とマリアムを見上げていると、彼女はもう一度凜に微笑みかけた。そして、バスルームの床に片膝をついている少年達にこの国の言葉で何事かを言う。

言葉を受けて、少年達が立ち上がって凜の身支度を再開した。

慌ててまわりを見渡した凛に、マリアムが「また後でね」とだけ言い残して、若草色のドレスの裾を翻して去って行く。

「いったい…何だったんだ、あの人……」

呆然と口に出して言ったが、その場に答えられる者はいない。つい先ほど声だけが聞こえたカリムはマリアムと共に部屋の方に戻ったらしい。

凛は、淡々と身支度を進める少年達にされるがままになりながら、理不尽な状況にわけがわからずただ混乱していた。

## 5

「ちょっと待って、これって女の人の衣装じゃなかったっけ？」

戸惑いながら声を掛けても、身支度《みじたく》を手伝ってくれている少年達はにこにこと笑うだけで返事が無い。

すぐに、彼らに日本語は通じないと思い出し、英語で言い直そうとしたが、頭からすっぽりと黒い薄布で覆われてしまい、ぐっと息をのんだ。

バスタブから出た凛は、パウダールームでも少年達の手に取り囲まれて世話をされていた。

湯上りの肌にバラの香りの化粧水らしきものを塗る者、濡れた髪をブローする者、手足にこれもバラの香りのボディミルクを塗り込む者。

凛は、白いバスローブをまとって少年達の真ん中に座り、半ば呆然としてされるがままになっていた。

一通りの身仕舞《みじまい》が済み、服を着ることになって手渡されたのは、ごく普通の白い長袖コットンシャツとストレートジーンズ、柔らかな皮製の白い室内履きだ。

やっと現れた見慣れたもの――皮の室内履きなどという上等なものを除けば、シャツとジーンズはいつも着ているものと変わりない――に、安心して一人で服を着ようとしたのだが、少年達は当然のようにそれを止める。

シャツとジーンズなどという簡単なものですら、凛が必要最低限の身動きをするだけで着られるように手伝おうとするのだ。

それをなんとか押し止めて一人で服を着込んだ凛は、次に差し出された黒い薄布に我目を疑った。

それは、先ほどバスルームに現れた女性、マリアムが最初に身に着けていたものとよく似ている。

この国のいたるところで、この黒い薄布を頭から被って体全体を隠している女性をたくさん見た。女性が他人の前で肌を隠すのは常識なのだ。

それを思えば、先ほど、躊躇なく黒い薄布を外したマリアムの行動は奇異に思えるが、今はそれどころではない。

慣れない英語を頭からひねり出し、黒布を差し出す少年に「女性の衣装なのでは」と言ってみる。しかし、少年は笑顔のまま戸惑う凛の頭からそれをすっぽりと被せて両端を肩に掛けるようにした。

繊細なレースの縁飾りがついた大きなスカーフを被り、顔だけ出しているような格好だ。

凛は、噛み合っていない会話をなんとか修正しようと言葉を捜しつつ、最悪のときには暴れて逃げようかとまで思ったが、自分よりも力弱く背も低い少年達の手を乱暴に払う決心がつかない。

結局、少年達に導かれながら黒い薄布を被った姿でしぶしぶパウダールームから出た。

「——ずいぶん念入りに磨かれていたんだな」

涼やかな声が聞こえて、はっと顔を上げる。

大きな観葉植物の鉢が目隠しになっている向こう側、リビングルームに数人の男女が立っていた。

凛を先導していた少年達が静かに左右に分れ、床に片膝をついて胸に手をあて、目を伏せる。

凛は、こくりと喉を鳴らした。大きく息をついて、リビングルームへと踏み出す。

「アシュファル……」

一番最初に見えたのは、昼、眠り込む直前まで見ていた美貌の男——アシュファルの立ち姿だった。

彼は昼に見たときと同じ、白い長衣、ディスダーシャ姿で白い被り布を黒い紐状のもので巻いて留めている。

彼が立っている横にある長椅子には、若草色のキャミソールドレス姿のマリアムが座っていた。二人の後方に、ディスダーシャに黒いガウンを着たカリムが静かに立っている。

凜は、緊張を隠し切れずに体を強張らせて三人の方へ向かう。シルクの絨毯の上を歩く白皮の室内履きは、ほとんど音がたたない。

アシュファルが、頭からすっぽりと薄布をまとった凜の姿をまじまじと眺めた。口元に折った指先を軽くあて、薄い笑みを隠す。

「思いの外似合っている。……と言って、男としてのプライドが傷つかないといいんだが。着心地はどうだ」

「着心地も何も…、これは女の人の衣装だろ」

不機嫌極まりない口調になってしまうのは隠しようがない。頭から黒い薄布を引き下ろした。床に投げ捨てようとしたが、止める。これを着せかけてくれた少年達がまだ部屋にいるのだ。せっかく着せてくれたものを投げ捨てたら、彼らが気にするだろう。

そんなことを考えて、背後に控える少年達をちらりと見る。彼らは、一様に床に膝をついた姿勢で目を伏せていた。

ふいに、軽く優雅な笑い声が上がる。

それに引かれて視線を戻すと、長椅子に腰掛けているマリアムが、若草色のキャミソールドレスから伸びた長い足を優雅に組み替えるのが見えた。深いスリットの奥から魅惑的な太股が覗き、慌てて目を逸らしてしまう。

マリアムが、笑みの残る視線を凛に向けた。

「その薄布はね、砂漠の強烈な陽射しから女性の繊細な肌を守る役割があるの。でも、宮殿の中にいるんですもの、こんな布は必要ないわよね」

そう言って、長椅子の傍らに置いてあった黒い薄布をふわりと床に放り投げる。

あっ、と、思わず息をのんだ凛の視線の先で、後方に控えていたカリムが静かに動いた。身を屈めて、マリアムが床に投げた薄布を拾い上げる。

「マリアム様、その役目は陽射し避けだけではありませんよ。この国の女性は、家族以外の目がある場所で肌は晒さないもの。国外ならまだしも、国内で肌を見せるのは問題があるかと」

落ち着いていながらも、有無を言わせぬ強さを持ったカリムの声が続く。マリアムが、長椅子の背に肩肘を乗せてカリムを振り返った。

「あら、だって彼はサラフェルなのでしょ？　天使は男性じゃないわよ。アシュファルは血の繋《つな》がった弟だし、カリムだって家族同然ですもの。わたくし一人がそんなものを着る必要は無いはずよ」

ごく当然の権利だとでも言うように、つんと澄ました顔で言う。カリムが、少し困ったように笑って、マリアムの薄布を片腕に掛け持った。

「マリアム様には敵《かな》いませんね……。アシュファル様、どうなさいますか」

カリムが、瞼を閉ざしたままの顔をアシュファルの方へ向ける。

アシュファルが、マリアムの長椅子の背に片手を置いて軽い溜息をついた。

「彼女は彼女の法則で生きているから、私がどうこう言える問題ではないよ。――ただ」

言葉を切って、アシュファルがマリアムを強い瞳で見下ろす。マリアムも、同じ血が流れているのだとはっきりとわかる、美しい翠色の瞳でアシュファルを見上げた。

「凛……彼はサラフェルです。サラフェルの幸いは、わが国民が先に受けるべきだ。他国へ嫁いだ方が彼を垣間見《かいま》るのは、その後にして頂きたい。……というのが本音なのですが、マリアム」

彼女の名をはっきりと呼び、アシュファルは静かに絨毯の上に膝をついた。長椅子に腰掛けているマリアムを見つめる。

マリアムが、同じように真剣な目をアシュファルに向ける。ふっと、華やいだ笑顔になった。

「全くもう……、わかりました。王子のご希望通り、他家に嫁いだ姉は去りましょう」

歌うように言い、優雅な仕草で長椅子を立つと、後ろに控えているカリムの腕から薄布をひらりと取り上げた。

それを軽い仕草で肩に羽織って凛を振り返る。金色の髪をかきあげながら妖艶に微笑んだ。

「そんなわけだから、またね。アシュファルの伝説の傍観者として、あなたを見ておけてよかったわ。嫁いだからといって後回しにされるのは、わたくしのプライドが許さないもの」

最後のほうだけ、わざと秘密めかした声で言う。そして、指の先だけひらりと振って優雅な仕草で扉の方へと歩き出した。

カリムが、こちらに静かに一礼をしてマリアムの後についていく。バスルームで凛の世話をしてくれていた少年達も、物音一つたてず二人の後について部屋から出ていった。

「あ……れ……？」

気がつくと、凛は豪奢な部屋の中でアシュファルと二人きりになっている。

長椅子に手を置いて佇むアシュファルと、皆が消えた精緻な彫り模様が施された扉を見比べた。

手に持ったままの薄布をぎゅっと握る。

「アシュファルは、皆と一緒に帰らないのか……？」

口をついて出たきた言葉は、自分でも驚くほど子供じみたものだった。

アシュファルが、呆れたような溜息をついて両手をけだるげに腰にあてた。

「――この私を、そこまであからさまに邪険《じゃけん》にするとはな…。さすが、サラフェルと言うべきか。物怖《ものお》じ一つしない」

「別に、物怖じしてないわけじゃない。それに何度も言ってるけど、俺は単なる日本人観光客で、サラフェルとか神話とか、そんなものには一切関係無いし……」

「マリアムが言っていただろう？　自分は、神話の傍観者だと」

「え？」

凛が全てを言う前に、アシュファルが落ち着いた声で言葉を重ねる。凛は、勢いが削がれて口を閉ざした。

アシュファルが、つい先ほどまでマリアムが座っていた長椅子に無造作に腰掛ける。白い長衣、ディスダーシャの膝に頬杖をついた。

戸惑う凛の顔に視線を向けず、何かを思い出すかのように美しい織りがあやなすシルク絨毯を見つめる。

「マリアムは、私が生まれた夜に砂漠にたつ虹を見た。……ムーンボウという。聞いたことがあるか？」

視線を上げて凛を見つめ、問う調子で言う。

凛は、全く聞いたことがない単語に首を振った。それを受けて、アシュファルが一つ頷く。

「ムーンボウというのは、夕刻に降った雨粒に満月の光が反射して浮かぶ虹のことだ。砂漠に雨が降り、それが満月の夜である確率は限りなく低い。私は、そんな稀有な条件が揃ってはじめて見える砂漠の虹がたった夜に生まれた」

「……で、あのマリアムさんがそれを見た。それが、何で神話の傍観者になるの？」

頭の中で話を整理しようと、軽く眉を寄せながら問う。アシュファルが、自分が掛けている長椅子の隣を指先で軽く叩いた。ここに座れ、という仕草のように見える。

しかし、凛はちらりとその様子を見るだけで動かない。仕草だけで人に呼ばれるのは、犬か猫のようで苛立たしい。

あからさまに彼の手元から眼を逸らすと、アシュファルが、トン、と長椅子の座を強く叩いて笑った。

「さすが気位が高い。……わが国の国民は、神話や伝承をとても大事にしている。『善王はムーンボウと共に生まれる』という言い伝え通りの私の誕生を、国をあげて祝った。その私が、『一万と一日目に黒い瞳のサラフェルに出会う』という言い伝え通りに君を見つけたのは偶然ではない。――お前は、生まれた時から神話を体現している私が、一万と一日目に見た天使……サラフェルなんだ」

「ちょっ…待ってよ、そんな、非現実的な……っ」

言いよどむ凛を、アシュファルが観察しているかのような冷たい瞳で見据える。

まだほんの少ししか顔を合わせていないが、アシュファルは常に余裕めいた表情で薄く微笑んでいる印象だった。そのため、冷たい目で見られることがひどく怖い。

困り果てて唇を噛み締めた凛を見据えていたアシュファルの目が、軽い溜息と共に伏せられる。ディスダーシャの裾を片手で捌《さば》いて立ち上がった。

「な…なに……？」

凛は、こちらに向かって来る長身のアシュファルを見上げて怯み、一歩、後ずさる。しかし、その前にアシュファルが凛の肩を強く掴んだ。

あっ、と、息をのんだときには両肩を掴まれて身動きが取れない状況になっている。凛は、体を強張らせてアシュファルの冷たい翠色の瞳を見上げた。

「王が娶ったサラフェルの伝説の続きを教えてやろう」

「えっ……」

アシュファルの強い瞳が凛の目を見つめる。その奥の真実を見極めようとしているかのような表情だった。

「サラフェルは王と契《ちぎ》りを結び、このアル・ザファールの国土深くから豊かな富、ダイヤモンド鉱山や油田を溢れ出させた。天使と交わることで幸いを得る……つまり、天使を抱けば溢れるほどの富が手に入るということだ」

「そんな…っ……！」

言葉は最後まで言えなかった。強引に肩を引き寄せられてアシュファルの広い胸の中に抱き込まれてしまったからだ。

頬に触れるディスダーシャの生地越しに、彼の胸の筋肉の硬さを感じる。凛は、遮二無二身を捩って、彼の腕の中から抜け出そうともがいた。

しかし、いくら身を捩っても彼の腕から逃れられない。全力を出しているつもりなのに、アシュファルはそれをいとも簡単に防いで凛の体の自由を奪うのだ。

力ずくで押さえているのではなく、関節や筋肉の動きを的確に封じ込めている。武術をたしなんでいる者の身のこなしだ。

それでも凛は全身の力を振り絞ってアシュファルの腕を押し退けようとした。

白いディスダーシャから覗く手が、凛の口元を塞《ふさ》ぐように上げられ、無我夢中でその指先を噛む。

「……ッ……！」

押し殺した短い声と共に、凛を縛めていた腕の力が緩む。

とっさにそこから逃げ出し、後ろも見ずにドアへと走った。

精緻な装飾が施された金色のドアノブを握り、力いっぱい押す。しかしそれはガチャガチャと耳障りな音をたてるだけだ。

開かないドアに焦《じ》れ、肩から体当たりするように二度、三度、ドアにぶつかったとき、ふっと体が浮き上がった。

「ぁ…っ……！」

ウエストにぐっと圧力が掛かり、視界が一瞬、白くなる。

自分の身に何が起こったのかわからず、慌ててあたりを見回すと全てが逆さに見えた。

長身のアシュファルの肩に、荷物のように軽々と担ぎ上げられてしまっている。身を二つ折りにされて、腰と腿をアシュファルの大きな手で支えられていた。

人を人とも思わないような扱いに、かっと頭に血が上る。

頭が下向きになる格好ではあるものの、自由になる両手で力いっぱいアシュファルの背中を叩き、掴まれている両脚をばたつかせた。

「なにするんだよ、離せっ！」

「……本当に離してもいいのか？」

笑い含みの声と共に、腰と腿を支えていたアシュファルの手が離れる。彼の肩に引っかかっているだけの格好になり、不安定さに体がぐらりと傾《かし》いだ。

とっさに息をのみ、両手でアシュファルの背中を掴む。

その体の揺れで、アシュファルが笑っていることに気付いた。

「まったく、なんという無謀さだ。この私に歯をたてるとは」

笑み混じりではあるものの、ぞっとするような冷たさを含む声が凛の耳に届く。

思わず、ぎゅっと身を竦めた。

アシュファルの肩に担ぎ上げられ、部屋の中を運ばれるままの姿勢で息を殺す。

「どこ……、行く気だよ…っ！」

それでも精一杯の虚勢を張って言う。アシュファルが、肩に乗せた凛の体を揺すり上げて位置を直し、顎先で部屋の奥まった方を示した。

「ベッドに運ぶ」

「ちょっ…、待てよ！　なんでベッドなんかに…っ!?」

背筋に緊張が走り、必死で身を起こしてアシュファルの顔を覗き込もうとする。しかし、凛の体は長身のアシュファルの肩の上で力なくばたつくだけだ。

アシュファルが、凛の腰を片手で支えて顔を上げた。

「サラフェル…天使を抱いて富を得た、かつての王に倣《なら》ってお前を抱くことにする」

「冗談だろっ!? そんな迷信、実行するなんてバカげてる! 第一、俺はサラフェルとかいう天使なんかじゃない、単なる日本人観光客だって、何度言ったら……っ!」

そこまで言ったとき、アシュファルの大きな手が腰に掛かった。あっ、と、息をのんだときには、背中に強い衝撃が走る。

二度三度、無抵抗のまま体が上下に揺れて、ベッドに投げ落とされたことがわかった。

この宮殿ではじめて目を覚ましたときに寝かされていた、薄布が四方から下がった天蓋付きの豪奢なベッドだ。

今、その薄布はベッドの四隅の支柱に瑠璃《るり》色のタッセルで留めてある。

凛の頬に触れる白いシルクのシーツはしっとりと冷たく、スプリングは雲の上に寝ているかのように柔らかい。

しかしそれを意識する暇も無く、自分をここへ乱暴に投げ落としたアシュファルがベッドの横に立っているのを見た。

唇を噛んで睨み上げるアシュファルの顔は、明け方の砂漠で見たときと同じこの世ならざる者のような美しさだ。

アシュファルが、翠色の瞳でまっすぐに凛を見下ろす。その目には感情が浮かんでおらず、何を考えているのか窺い知れない。

凛は、彼から目を逸らさぬまま、少しだけ距離を取るように体をベッドヘッドの方へずらした。

すると、アシュファルも無言のまま片膝をベッドの端につく。凛との距離が縮まった。びくっと肩を揺らしかけたが堪え、じりじりとベッドヘッドまでにじり逃げる凛を、アシュファルは射るような瞳で見つめる。

凛の背がベッドヘッドに重ねた羽枕にあたり、それ以上逃げられなくなった。

表情を強張らせながらも目を逸らさずにいる凛を見つめ、アシュファルが軽い吐息をつく。

「……怯えるな、と、言っても無駄のようだな」

「あたりまえだっ！」

背にあたる羽枕に体を押しつけ、反射的に言い返したとき、アシュファルが目を伏せた。けだるげに片手を上げて白い被り布を掴み、無造作にそれを取り去る。

褐色の肌に、ゆるいウェーブのついたプラチナ色の髪がさらりと落ちた。目に掛かる前髪を指先でかきあげ、男性にしては長めの襟足を隠す髪を乱暴に払う。

凛は、アシュファルの素顔をはじめて見るような気持ちで、被り布を取り去った美貌の男を見つめた。

褐色の肌とプラチナ色の髪のコントラストは、部屋を飾るシャンデリアの眩《まばゆ》い光を弾きエキゾチックで退廃的《たいはいてき》だ。

「何故、そんな驚いた顔をしている」

手にしていた被り布を床に投げ捨て、アシュファルがベッドに両足で乗り上げる。

そうして距離を詰められても、凛はアシュファルの顔から目を逸らすことが出来ずに、こくんと喉を鳴らして言葉を捜した。

「……何故、って…。アシュファルの顔をはじめて見た気がして……。白い布を被ってるときと、なんか印象が違う……」

「衣装には、その者の本質を覆い隠す役目もあるからな。ついさっき、お前もこの国の女性が身に着ける黒い薄布を剥ぎ取っただろう？」

淡々とした声でアシュファルが言う。凛のほうへ無造作に手を伸ばし、凛の両足から白皮の室内履きを取り去った。

止める間もなく、それはベッドの下に投げ捨てられる。

次に凛の喉元にアシュファルの手が伸び、ごく当然のように白いシャツのボタンを外しはじめた。

「……っ、止めろよっ！」

慌てて両手でアシュファルの手を防ごうとするが、彼の片手で易々《やすやす》と払われてしまう。

ふいに、凛の目の前にアシュファルの手がかざされた。先細りの優雅な長い指が、ゆらりと揺れる。

「見なさい、指に噛み跡がついてしまった。お前は、この非礼を詫《わ》びるつもりは無いのか？」

「だって、それはあんたが悪…っ……！」

反論する凛の唇に、アシュファルの手のひらが触れる。噛み跡を確かめる間もなく口を覆われた。

彼の手のひらの下で、言葉を発しようとしたがくぐもった声にしかならない。

混乱してしまっている頭では、慣れている様子のアシュファルの手を上手《うま》く払い除けることが出来ない。

そんな凛を見下ろしながら、アシュファルは片手で凛の口元を押さえ、もう一方の手で凛のシャツのボタンを順番に外してゆく。

躊躇い無く凛のジーンズの前ボタンを外し、ウエストからシャツの裾を引き出した。

シャツを肌蹴《はだけ》させられて、薄い胸があらわになる。

「……なるほど。少女めいた可憐な顔立ちをしていると思ったが、体は男だな」

「あたり前だ…っ！」

ようやっと両手でアシュファルの手を押し退ける。きつく睨みつける目を上げた。

「俺には、こんなことをされる理由はない！　離せ！」

「それは出来ない」

アシュファルの返答は短い。

凛は、かっと頬に血の気が上るのを感じ、もっと何か言おうと唇を開いた。しかし、言葉の代わりに出たのは引きつった息だけだった。

アシュファルの右手が、不意をついて凛のジーンズのウエストに差し入れられたからだ。突然のことに怯んだ凛の体を探るようにジーンズの奥に手を押し込み、下着の上から性器の形を確かめるように動かす。

アシュファルが、翠色の瞳に掛かるプラチナ色の髪を透かすようにして薄く微笑んだ。

「性器も確かに男のもの……、しかしこれは成人男性というより少年のもののようだな」

「な……っ……！」

端的な言い様に、かっと頬に朱が上る。

大きな天蓋付きのベッドの上で両足を伸ばし、羽枕に背を預けてシャツを乱された半裸に近い格好で、男に性器を弄ばれている。下着越しであっても、揶揄《やゆ》する言葉を吐かれて黙っていられない。

反射的に、ジーンズの前に入り込んでいる手を払い除けようとした瞬間、股間に触れているアシュファルの手が凛の性器を強く掴んだ。

その痛みに、ひっ、と喉奥で声が掠《かす》れる。

急所を掴まれているという本能的な恐怖に全身が強張ってしまう。目を見開いて、自分の前に膝をついているアシュファルを見た。

アシュファルが、凛の性器を下着越しに手の中で弄びながら、戸惑いと恐怖に揺れる凛の黒い瞳を覗き込む。

ふっと、唇の形だけで微笑んだ。

「怖いか……？　大人しくしていれば、手酷《てひど》い扱いはしない。高貴な姫君を抱くように丁重に、気を失うほどの快楽を与えてやろう」

「そんな…っ……」

震える唇から、続く言葉が出て来ない。

ジーンズの中でアシュファルの指が緩やかに動く。凛は、その刺激に微かな快感を感じてしまい、羞恥《しゅうち》を堪えてきつく目を閉じた。

――嫌だ。

こんな扱いをされているのに快楽を感じてしまう自分が嫌だ。痛みに怯え、逃げ出すことすら出来ない自分が嫌だ。

どうすればいい、どうすれば、この手に怯えず逃げ出すことが出来るんだ。

凛は唇を噛み締めて息を殺しながら、アシュファルの手で与えられる刺激をやり過ごそうとした。

しかし、アシュファルは凛のものを痛めつけたときとは違う、優しいと感じてしまうほどの動きをする。

ボクサーパンツの生地越しに、性器の膨らみを手のひらの中に収めるようにゆるゆると撫で、凛の快感を少しずつ煽《あお》っていくのだ。

凛は、背にあたる羽枕に身を預けて緩く開いた両足をぴんと伸ばし、唇を噛み締めながら精一杯距離を取ろうとした。

痛めつけられない為に、一時、動かずにいるだけだ。この手の快楽に乗せられてはいけない。

胸の中で何度も繰り返し言い聞かせる。

アシュファルが、膝を進めて凛の両足の間に身を置く。上体を傾けて、息を殺しながらも頬を赤く染めはじめている凛の耳元に唇を近付けた。

凛のジーンズの中に押し込んだ手をゆるゆると動かしながら、「……何も考えるな」と、微かな声で囁《ささや》く。

「私が与えるものだけを感じ、一時の快楽に身を任せてみろ。……悪いようにはしない」

「え……」

凛は、きつく閉じていた片目を開けて間近にある端正な顔を見た。褐色の肌にプラチナ色の髪が乱れかかり、翠色の瞳に淡い影を落としている。

その姿から目が離せない。

凛は、噛み締めてしまったせいで赤く充血している唇を薄く開いた。

アシュファルの翠色の瞳が甘く微笑み、そっと凛の唇の上に親指を乗せる。片手で下着越しの性器を弄び、もう一方の手では怯えて震える凛の唇を優しく撫でるのだ。

「俺のサラフェル……」

「ちが……ぅ…、俺は……、ぅん…っ……」

否定するように首を横に振ると、アシュファルの指が凛の唇を割り、強引に口内へ入り込んできた。下唇の柔らかな内側を撫で、歯列を探る。

怯え竦む凛の舌先を捕らえ、その表面を優しく捏《こ》ねるように刺激した。

「ぅ……ん……、ぁ……」

凛は、頭の芯が霞むような感覚に浅く息を上げながら、間近にある翠色の瞳を見る。

怯えと戸惑いは消えないが、視界が淡く滲んで違和感が薄れはじめる。

甘く潤《うる》んだ凛の漆黒の瞳を見つめ、アシュファルが笑みを浮べた。唇の中に押し込んだ指先の動きに、従順に応えはじめている凛の舌をゆっくりと上下に撫でる。

「上等のビロードの手触りだ……。ほら、自分から舌を指に絡めてみなさい」

唆《そそのか》す言葉と共に口内深くに指が押し込まれる。

股間に触れているもう一方の手が微かに離れたと思うと、ウエストから下着の中へ入り込み、熱くなりかけている性器に直に触れてきた。

びくん、と、凛の背が撓《しな》る。反射的に後ろに逃れようとした背は、大きな羽枕で止められてしまった。

「あ…、んぅ……」

アシュファルの指を咥えたままでくぐもった声を上げる。

股間に入り込んだ大きな手は、今までの刺激で勃《た》ち上がりかけていた性器を柔らかく包み込み、先端のくびれを指先で撫でた。

「ふぅ……ん…っ……」

じわりと下肢から湧き上がる快感に、反射的に首を振る。アシュファルの指を含んだままの唇の端から、一筋の唾液がこぼれた。

アシュファルが、感じはじめている凛の反応を愉しむように目を細める。やわやわと両手で凛を弄びながら、上体を傾けて凛の耳元に口付けた。

「……そう、気持ちがいいことだけをしてやろう。怯える必要も、逃げる必要もない。お前は私の手の中で、天使…サラフェルとして宮殿で暮らすんだ」

「そんな……、嫌……っ…」

口内を犯すアシュファルの指に翻弄《ほんろう》されながらも、凛は必死に言葉を捜す。しかし、その努力もすぐに下肢に与えられている刺激にかき消された。

勃ち上がった性器は、下着の下にあることが息苦しく感じるほど硬く張りつめている。すっぽりと大きな手の中に収められ、裏筋に指を這わされて、なお勃ち上がろうとしていた。

「ぁ…ぁ……」

性器の先端から、じわりと先走りが滲む。

ボクサーパンツの前が微かに濡れ、その濡れた生地の感触が、敏感になった性器の先端をさらに刺激する。

アシュファルが、凛の口内全てに触れた指先を最後にぐるりと巡らせてゆっくりと唇から引き抜いた。

すでに唾液で濡れていた口の端を指先で拭い、その手を股間へ置く。すでに下着の中で張りつめている凛の性器の上、先走りで濡れている生地を指先で突いた。

「んっ……」

「これだけで、もうそんなに気持ちがいいのか…？」

思わず声を上げてしまった凛の反応を愉しむかのように、唾液で濡れた指先が、先走りの染みのついたボクサーパンツを撫でる。

また、じわりと生地に染みが広がった。

「やだ…っ……」

じわじわといたぶられるだけの行為に、理性が崩れかけてしまう。

凛は、上がる息を喉奥でのみ込み、潤《うる》みきった目でアシュファルを見つめた。

睨みつけて拒絶して、ここから逃げ出さなければと思う気持ちの奥底から、こんなもどかしい刺激ではなく、もっと追い詰めて精を吐き出させて欲しいという、浅ましい欲求がせり上がってくる。

否定したいのに否定できない欲望に負けてしまう。

凛は、最後の抵抗のように首を力なく横に振った。

アシュファルが吐息だけで笑って、凛の下着の中から片手を引き抜く。改めて両手を下着とジーンズのウエストに掛け、一気に性器を露出させた。

まるで映画のワンシーンのように豪奢なシャンデリアの光が高い天井から淡く室内を照らす。

男の手に弄ばれて限界まで勃ち上がった性器が、先走りでてらてら光り濡れる姿を晒されたのだ。

凛は、下着のウエスト部分から取り出された自分のものが、次の刺激を求めて勃ち上がったままひくりひくりと揺れているのを目の当たりにしてしまう。

反射的に目を逸らしたが、凛の仕草とは裏腹に、こんな恥ずかしい姿を見られているという意識が、ますます体を興奮させた。

性器がぐっと力を増して反り返る。

アシュファルの両手が、凛の性器の上にそっと乗った。

充血して裏筋を際立たせていても、どこかすんなりとして少年めいている凛の性器の形を確かめるように、両手のひらの中にすっぽりと収める。

「蜜を溢れさせて快楽に震えている……。こんなに熱いのは、私との行為に興奮しているからだろう？」

意地悪く問う言葉を囁きながら、アシュファルは手の中に収めた凛の性器をやわやわと揉み込んだ。

アシュファルの両手の間から性器の先端だけを覗かせている、その孔《あな》から新たな蜜がぷっくりと膨れ上がる。

凛は、それを見ていられなくて思わず目を逸らした。

アシュファルが、きゅっと性器の根元を指で縛めながら「凛」と呼ぶ。

「目を逸らすんじゃない。今、自分の体がどんなに淫《みだ》らに色づいているか、見ているんだ」

「嫌……っ」

限界まで首を捻《ひね》って横を向き、性器に施される刺激に反応して射精してしまわないように、必死で歯を食いしばっている凛の耳に、甘い吐息が吹き込まれる。

その甘い吐息は、この状況に興奮しているのが自分だけではないのだという証明のような気がした。

恐る恐る瞼を上げると、視界の端に端正な……いや、端正なだけではない。艶めく欲望を滲ませている翠の瞳がある。

褐色の肌にプラチナ色の髪が乱れかかるまま、凛の体を見下ろしているアシュファルの姿があったのだ。

アシュファルが、凛の視線に気付いたように目を上げる。艶めいた瞳の色はそのままで、淡く微笑みかけた。

「お前が達するまで耐えるつもりだったが……。こんなに素直な反応をする体を前にしていると、決意が崩れ落ちそうだ。――この胸。触れられてもいないのに、こんな風になっているのはどうしてだ？」

吐息混じりの笑む声で言う。

凛は、全く意識していなかった自分の胸に視線を向けた。

肌蹴させられたシャツの下で、両胸の先がピンク色に色づいてぴんと立ち上がっている。

体全体も淡く色づき、その中でいっそう色濃いのが露出させられている性器だった。

あまりの恥ずかしさに唇を噛んで俯く。

不意に、アシュファルの両手が性器から離れた。

えっ、と、息をのんで視線を戻すと、手を離されても硬く勃ち上がっている自分の性器と、延べた両足の間に座っていたアシュファルが腰を上げるのが見える。

アシュファルの手が凛の腰に掛かり、半端に乱されているだけだった下着とジーンズを両足から引き抜いた。

肌蹴た白いシャツだけをまとった半裸にされて、ベッドヘッド際に積み上げた羽枕に上体を預ける姿勢にさせられる。

何が起こるのかわからないまま、中腰になっているアシュファルを見上げると、アシュファルが欲望を薄く滲ませた翠色の瞳で甘く微笑んだ。

「このまま、お前の体内に私の性器を押し込み、私のもので満たしたいが……。この体はまだ、私のものを受け入れられる状態ではないな」

そう言って、白い長衣、ディスダーシャの前のあわせに手を掛ける。裾を払い、下半身を晒している凜の両足の間に腰を落とした。

片手をベッドヘッドについて凜に圧しかかり、たくし上げた長衣の下からグレーのボクサーパンツを覗かせると、その中から猛《たけ》りきった性器を取り出す。

凜は、重ねられた体の上にある、自分のものとは比べようもなく大きく猛々しいものを見て、こくんと息をのんだ。

肌と同じ褐色の性器は、ぐっとカリが張り出した形で赤黒い血管を浮き立たせている。太さも長さも、自分と同じ成人男性のものとは思えない。

こんなものを体内に――――男同士の性行為がどういうことをするのか、知識としてしか知らないことだが、体内に押し込まれて精液を注がれることを考えるだけで恐ろしい。

絶対に、こんな大きなものは挿《はい》らない。

無理矢理押し込まれたら、壊れてしまう。

「や…っ……、嫌……」

震える声が唇からこぼれる。逃げ出したい体を限界まで反って、積み重ねた羽枕に背を押しつけた。

アシュファルが、ディスダーシャの下の性器を凛の未熟な性器に重ねて二本一緒に手の中に握り込む。

凛の性器の先走りを自らのものに馴染《なじ》ませるように捏ねながら、もう一方の手を凛の顔の横についた。羽枕で肘を支え、斜めになった上体を凛の上に重ねる形だ。

ぐり、と、アシュファルの張り出したカリが凛の性器の先端に押しつけられる。

「……っ！」

強い刺激にとっさに声を上げてしまう。すると、アシュファルは手の中に握り込んだ二本の性器をさらに擦り合わせた。

「やっ……あん…っ、出る…っ、から……！　止めて……っ…」

意識するより先に、懇願する言葉が口を突く。

凛は、性器に直接与えられる快楽に切ない息を上げ、横向きにした頬を羽枕に押しつけた。

その凛の隣に片肘をつき、体を重ねているアシュファルも堪えるような深い吐息を肩でつく。

翠の瞳に浮かぶ欲情は見間違いようない程に濃い。

凛は潤みきった目を上げてアシュファルを見つめた。

アシュファルが、凛の瞳を見つめ返して口端に皮肉めいた笑みを浮べる。

「……不慣れで初心《うぶ》な体だと思っていたのに、これほどまでに色香を漂わせるとはな…。今の

自分が、どんな姿をしているかわかっているか？　性器を弄られながら、全身を薔薇色に染めて身を捩り、漆黒の瞳を濡らして男の欲望を煽っているんだ」

「そんな…の……、知らない…っ。――――ぁ、ああっ！」

首を横に振ろうとして、きゅっと性器を扱《しご》き上げられた。

どくどくと脈打つ感覚が、自分のものなのか添わされているアシュファルのものなのかわからない。

ただ、熱く硬いもので快楽を暴き立てられていることだけがわかる。

とろとろと溢れ続ける先走りでぬめる性器が擦られるたびに、ぐちゅぐちゅと淫らな音を響かせた。

半裸の姿で男に圧しかかられ、大きな性器で自らのものを刺激される。そんな行為を自分がしていることが信じられない。

空調の効いた豪奢な設えの部屋の中、天蓋から下がる薄布に半ば隠されたベッドの上で男の体に組み伏せられ、ただ、性器を弄られる快楽だけに身を任せている自分の恥ずかしい姿を想像して、頭の中が真っ白になる。

「ほら、またここを震えさせている。……何を考えている？　私のものを体内に突き込まれることでも思い描いたか…？」

掠れる声でアシュファルが凛の耳に囁きかける。

その瞬間、ぎゅっと力を込めて性器を擦り上げられ、凛は反射的に背を撓らせた。

どくん、と、限界まで堪えていた性器が震える。

「――――っぁ！　んんっ……」

細い声と共に、精液を放ってしまう。

びゅくびゅくと飛び出す白濁を受け止めたアシュファルの手が、未だ硬く反る自らの性器と、くたりと萎えた凛の性器を再び一緒に握り込んだ。

熱く硬いアシュファルの性器に未熟な凛の性器を擦りつける。

先走りだけのときとは比べようもないほど、淫らな水音が部屋に響いた。

はあはあと肩で息をして全身をぐったりと弛緩《しかん》させた凛は、アシュファルにされるがまま、ぼんやりと彼の端正な顔を見上げる。

アシュファルが、射精後で理性が抜け落ちたような凛を見下ろし、凛の精液にまみれた自らの性器を凛のものから離した。

僅かに腰を上げて微笑む。

「今、お前の中に突き込んだら、これ以上の快楽は無いだろうな……」

そう言うと、凛の両足に手を掛けて腿を支え、大きく開かせた。膝を折って、体の最奥まで視線に晒される格好だ。

正気だったら、そんな姿勢でいることなど絶対に出来ないはずなのに、凛は開かされた両足の間からぼんやりとアシュファルを見上げた。

頭の芯が痺れているような、現実感が曖昧な視界がじわりと滲む。

アシュファルが、何かに少し驚いたような表情をした。

シーツに手をついて身を屈め、凛の目元に優しく唇を触れさせる。

「……泣くな。悲しませたくてしていることじゃない」

「泣いて……俺が……？」

意識せぬまま、涙が目尻から溢れてこめかみへと流れ落ちる。アシュファルの唇は、それを舐め上げながら頬に触れ、唇へと辿り着いた。

喘ぎすぎて乾いた凛の唇を舐めて湿し、ゆっくりと身を重ねて凛の唇に唇を重ねる。

猛々しいままのアシュファルの性器が凛の腿に触れ、そのまま萎えた性器を掠めて、大きく開いた足の間の後孔へ触れた。

反射的にびくっと震えた凛を、アシュファルが片腕でやすやすと抱きしめる。

そして、もう一方の手を股間に伸ばすと硬く張りつめた性器を支え、凛の後孔の襞《ひだ》に先端を擦りつけた。

「ここで、私のものを受け入れるんだ。……それが、サラフェルとしてのお前の務め。――しかし、今日は触れるだけにしよう。慣らしもせずに突き入れて、大事なサラフェルを壊すわけにはいかない」

吐息混じりの声で言い、アシュファルが淡い笑みを見せる。

凛の手を取って自らの性器を握らせ、その手の上から手を重ねてゆっくりと扱きはじめた。

熱いアシュファルの性器の先端が、時折、凛の後孔に触れる。

火の棒を押しつけられるような恐怖に震えながらも、凛はその熱に焦がれている自分がいることに気付いた。

この熱く硬いものを体内に押し込まれたら、いったいどんな感じがするのだろう。

一度、そう思ってしまうと頭の中がそれで一杯になる。

アシュファルの荒い息を耳元で聞き、手のひらでアシュファルの性器を擦り上げながら、凛もいつしか一度萎えていた性器を勃起させていた。

ぎゅ、ぎゅ、とリズムをつけて上下する手とそれが触れる後孔の感覚に酔う。重なったアシュファルの白い長衣越しに、硬い腹筋で凛の性器も擦られているのだ。

凛は熱に浮かされたような目を上げて、肩口に顔を伏せているアシュファルのプラチナ色の髪を見た。

「んっ……アシュファル…っ、もう一回……出る…っ……」

「――出しなさい…っ……」

熱い吐息に掠れるアシュファルの声が耳朶に注ぎ込まれた瞬間、凛は腰を震わせて二度目の精液をアシュファルの長衣に吐き出した。

次の瞬間、アシュファルも凛の後孔目掛けて大量の精液を吐き出す。

二度、三度、と、打ちつけられる熱を肌で感じ、凛は手の甲から握り込まれるようにして掴んでいたアシュファルの性器から手を離した。

精液の白い跡が、太股から後孔を汚して臀部に伝い、シーツに滴《したた》り落ちる。

凛の後孔は、凛自身が全く意識せぬままにひくひくと収縮して、アシュファルの精液を僅かに体内へ送り込むように動いていた。

はぁ……、と、長い吐息が耳元で聞こえる。凛も、続けざまに二度放ったことで、胸が早鐘のように鳴っている。

荒い息をつきすぎたせいか、頭の芯がぼうっと痺れて気が遠くなりかけている。

このまま、眠ってしまえば楽なのに……そう思った瞬間、凛はすうっと眠りの中に引き込まれていった。

# 6

「どう？　ここでの生活には慣れたかしら？」

むせ返るほどの薔薇の花が飾られた一室。窓際に設えたティーテーブルに向かい合わせに座っているマリアムが、凛に銀の茶器で紅茶を勧めながら問いかける。

凛は、何の変哲もないジーンズと白い長袖シャツの上に、この国の女性が身に着けている黒い薄布を肩に掛けた格好で、マリアムが差し出した金の細かな模様が入った白いティーカップを受け取った。

上等の茶葉の香りが鼻腔《びこう》を擽《くすぐ》る。それと一緒に、部屋中に飾られている薔薇の香りも感じた。

「慣れるも何も……。俺はただ、宮殿の中で暇を持て余しているだけですから。この黒布さえ身に着けていれば、宮殿内での自由は保障されてますけど……。結局は、ここから一歩も出られない」

溜息混じりの言葉が愚痴じみていて、我ながら嫌になる。

マリアムが、凜の言葉に淡い笑みを浮かべて頷いた。

はじめて会った日とは違い、今日のマリアムは黒い薄布を頭から被り、美しく整った顔だけを出すようにして着ている。

肩から下がる布の端飾りを慣れた手つきで軽く払い、銀のティーポットを取り上げて、自分の前のカップに薫り高い紅茶を注ぎ入れた。

優雅なカーブを描く眉根を寄せて溜息をつく。

「まあ、宮殿というのは、言ってみれば黄金の檻《おり》ですものね」

呟くマリアムにも何か思うところはあるらしい。

凜は、親切そうに見えても彼女はアシュファルの実の姉なのだから気を抜いてはいけない、と、胸の中で言い聞かせてみる。

しかし今、この宮殿の中で自分の味方と言えるのは彼女だけのような気がしていた。


砂漠を一人で彷徨い歩き、アシュファルに拾われてから一週間が経ってた。

この国の伝説のサラフェルだなどと、一方的に理不尽なことを言われ、いいように体を弄ばれてから一週間が経ったというべきだろうか。

あの日、ベッドの上でアシュファルに性器を弄られて果て、大きく開いた両足の間に精液を掛けられて、そのまま意識を失うように眠り込んでしまったことは、未だ凛の胸の中でくすぶっている。

出来ることなら、悪い夢だったと思って全部無かったことにしたい。

しかし、目覚めた朝。アシュファルの姿はベッドに無かったが、自分の体には隠しようのない性行為の痕跡があった。

体を弄ばれたときのままの、半裸で乾いた汗と精液にまみれた姿だったのだ。

そんな自分に呆然としていたとき、唐突に部屋の扉がノックされ、小姓の少年数名とカリムが入ってきた。

弄ばれて汚れた体は、隠す間もなく小姓の少年達に清められ、カリムにアシュファルからの伝言を聞いた。

しばらくこの宮殿に滞在してもらう。各方面に連絡を入れたので、旅行中に異国で失踪という状況にはならないので安心するように……というものだ。

こちらの都合や言い分を全く無視して、自分の都合だけを押しつけてくるのはおかしい、アシュファルと直接話をさせろとカリムに訴えたが、カリムは黙って首を振る。

宮殿内での自由は保障するが、外との連絡は一切出来ないのだと、非常に丁寧な言葉で告げられた。

凛は苛立ちながらも、アシュファルに直談判するしか手は無いと思い、宮殿内を歩き回った。しかし、どこをどう探してもアシュファルの姿が見つからない。

プライベートスペースである宮殿の左側棟にもいないし、オフィスがある右側棟にもいない。アシュファルのオフィスは、アラブの御伽噺《おとぎばなし》のような豪奢な宮殿内であると一瞬忘れてしまうようなスタイリッシュな内装にリノベーションされている。

そこで働くスタッフは、男性は目が覚めるような真っ白いディスダーシャを着、女性は黒いヴェールで髪と体の線を隠す服装をしていた。

そんな格好でパソコンの前に座ったり、世界各国の言葉で打ち合わせをしている姿を見ると、自分が今、どこにいるのかわからなくなる。

それはこの宮殿の庭を見てもそうだ。ここが砂漠の王国だとは信じられないような瑞々《みずみず》しい新緑に彩られていた。

青々とした芝生や高い木立が整然と並ぶその地下には灌漑《かんがい》用の水路が巡らせてあるらしい。石油採掘で発生する余剰な熱を使って海水を真水に濾過《ろか》したものを灌漑用水にしているのだ。

このシステムは都市の公園や街路樹にも生かされている。だから、近代的な超高層ビルが建ち並ぶ街の中にいても、街の中心を流れるクリークの輝く水面と木々の緑が眩しかった。

その都市計画にも、アシュファルは加わっているらしい。

ほんの数十年前まで、この国は石油がもたらすオイルマネーに恵まれておらず、砂漠のオアシスを遊牧する民とアラビア海に船を漕ぎ出して漁をする民、その他に、近隣諸国へ物資を流通させる商人だけの国だった。

都市の規模も小さく、今のような巨大なビルなどなかったという。

そんな時代、アシュファルの父である現国王が大規模な石油採掘事業を推し進め、油田が発見された後には急速な近代化の波が押し寄せた。

美しい都市と砂漠、近代的な商業ビル群を誇るこの国は、実はまだ発展途中らしいのだ。

都市部以外の街や湾岸の大規模な開発計画の責任者がアシュファルなのだと聞いたとき、凛は二の句が継げないほど驚いた。

日本ならば、何十年掛けても完成しない大規模建設事業を、アシュファルはあの若さでいつも完成させている。

生まれたときから伝説と共にあったという、特別な王子である証のような有能さだ。

アシュファルに会いたいのだと、彼のオフィスのスタッフを捕まえて話を切り出すと、彼がいかに有能で国民に信頼されている優れた王子かという話だけを聞かされることになる。

関連企業や近隣諸国へ分刻みのスケジュールで出かけているアシュファルの後姿さえ見かけ

ない。

そんな中、凛を午後のお茶に誘ってくれたのは、アシュファルの姉のマリアムだった。

実の姉なら、アシュファルが仕事を離れたプライベートの時間を把握しているかもしれないと思い、着慣れない黒い薄布をシャツとジーンズの上に着込んで訪れた彼女の部屋で、結局、凛は毎日お茶を飲んで過している。

話をしてみてわかったのだが、マリアムもアシュファルのスタッフ達と同じように、アシュファルにどうすれば会えるのか教えてくれるわけではない。

最初は隠しているのかと思ったのだが、毎日話をしているうちに、本当に知らないのだということがわかった。

凛は、ただあてもなく宮殿内をアシュファルを探して彷徨《さまよ》い歩くことしか出来ない。

そんな凛に、この宮殿に勤務する人達は一様に深い感謝と感動の目を向ける。

口々に「サラフェル様の幸いを」と、この国の言葉で呟き、凛の前で立ち止まって胸に手をあてるのだ。

凛は、その恭《うやうや》しい仕草にどうしようもない居心地の悪さを感じてしまう。

自分は単なる観光客なのに、特別な身分の者のような扱いをされてしまうからだ。

全く身に覚えのない、砂漠の天使……サラフェルなどというものだと信じられているから、皆は感謝の目と敬意を顕《あらわ》にしてくれる。

自分がそんなものじゃないということは、自分自身が一番良くわかっている。

だから、人々の感謝の視線が痛い。

サラフェルの幸いを、などと言われても、自分には何一つ出来ることはないのだ。


凛は、マリアムに淹《い》れてもらった紅茶を飲みながら深い溜息をついた。

マリアムの自室は、凛の部屋と同様にアラブ風の優雅で繊細な彫刻と艶やかな絹織物で飾られた豪奢な部屋だ。

部屋のいたるところに花器が置かれ、溢れるほどの薔薇が飾られている。

この花も、この国の豊かな灌漑施設と室温調節が完璧になされた温室で育てられているという。

ふと、思いついて目を上げた。

「……マリアムさんは、本当に俺のことを『サラフェル』なんてものだと思ってるんですか?」

凛の声に、マリアムが一瞬、驚いた目をする。アシュファルと同じ深い翠色の瞳をした瞳が、甘く微笑んだ。

「当然よ。だってあなたは、アシュファルが見出してきた者なのですもの」

「じゃあ、アシュファルが見出してきたのが、九十歳のくらいのおじいちゃんだったとしても『天使』って呼ぶんですか?」

少し意地悪な気持ちが湧き上がり、持っていたティーカップをソーサーに置く。マリアムがことも無げな表情で頷いた。

「ええ、そうね。伝説というのはそういうものだもの」

「――マリアム、勝手に断言するのは止めてくれないか」

深く静かな声が聞こえた。

驚いて振り返ると、部屋の扉に続くほうの通路からアシュファルが姿を現す。上等のコットンらしい、微かに光沢のある純白のディスダーシャに被り布という格好だ。

一足、歩むに従ってディスダーシャの裾が優雅に揺れる。

この部屋は、ホテルのスイートルームのような造りで扉からリビングまで距離があるため、扉の開閉音も足音も聞こえなかったようだ。

マリアムが、アシュファルを見上げて頭から被っていたアバーヤをけだるげに肩に払い落とした。豊かな金色の巻き毛が溢れるように現れ、ぱっと日の光が射したように明るくなる。

アシュファルが、髪を露にしたマリアムを感情の見えない表情で眺めた。

「今日はアバーヤを身に着けていると思ったのに、早速、払い除けてしまうとは。あなたの美意識は国外に嫁いで以来、ずいぶん緩やかになったようだ」

「あら、美意識を持ち出す気？　サラフェルにまでアバーヤを着ろと言いつけたのは、これを美しいと思っているからだったのかしら？」

そう言って、頭から引き下して肩に掛けた格好になっている薄布の端を指で抓む。ひらひらと揺らす仕草に、凛は少し笑ってしまった。

それを見咎《みとが》めたマリアムが、ちらりと睨む視線を凛に向ける。

「なによ、あなたの話をしているのよ。アバーヤ……この布のことだけれど、こんなもの着ていて平気なの？　息が詰《つま》るのなら、そう本人に言わなければダメよ」

凛が思っている以上に、マリアムの声は真剣な様子が滲んでいる。アバーヤという名さえ知らなかった黒い薄布を肩に掛け直して、深い溜息をついた。

その様子からは、マリアムは好き好んでアバーヤを身に着けていたのではないということがわかる。

これを着ていなければ宮殿内を歩き回ることが許されない、凛に合わせて着ていただけだ。

他国に嫁いだとはいえ、この国の王女だったマリアムが、ただの観光客である自分を気遣ってくれた……。

そこまで思って、はっとする。

マリアムにとって、自分はただの観光客などではない。

今、言われたばかりではないか。

――アシュファルが見出した、サラフェルだと。

サラフェルであるから、気遣われ、敬意を向けられる。

たった一人の相手を除いては……。

凜は、肩に掛けたアバーヤを片手で掴んで椅子から立ち上がった。勢いをつけてそれを剥ぎ取り、黒い薄布をアシュファルの前に突き出す。

「返す」

短い凜の言葉に、アシュファルが片眉だけ上げた。面白いものでも見る視線で、白いシャツとジーンズ姿の凜の頭のてっぺんから足の先まで眺め下した。

片手を顎先に置き、吐息だけで笑う。

「……惜しいな。それを身に着けていれば、わが姉に続く傾国《けいこく》の美女の名を欲しいままに出来るだろうに」

「傾国の美女？　姉…って、マリアムさんのこと？」

何の話をされているのか理解出来ず、視線をアシュファルからマリアムに移す。

マリアムが、わざとらしいほど大きな溜息をついて椅子から立ち上がった。

「そんな大昔の話を持ち出してまで、わたくしを追い出したいのかしら？　わかりました、邪魔者は消えますよ」

歌うような調子をつけて言い、優雅な足取りで扉の方へと向う。擦れ違いざま、白いディスダーシャ姿のアシュファルの腕に軽く触れた。

間違いなく姉弟であるのが一目瞭然《いちもくりょうぜん》な、美しい立ち姿の二人に凛の視線が惹きつけられる。

マリアムが、豊かな金色の巻き毛を片手で払いながら下からアシュファルを見つめた。ローズ色に艶めく唇が笑みの形になる。

「あなた、あまり眠っていないでしょう。仕事を人に任せることが出来ないのでは、指導者として未熟だと思われるわよ」

「……忠告、感謝しますよ、姉上」

美しい眉を軽く歪《ゆが》ませながらも、アシュファルが礼を述べる。マリアムが満足げな笑みを浮べて頷いた。

肩から掛けたアバーヤの黒い薄布を取り上げ、豊かな金色の巻き毛を隠すように頭からすっぽりと被ると、凛の方を振り返り、ひらりと手を振って扉のある壁の向こうへと消えていく。

暫《しばら》く後に、扉が静かに開いて閉まる音がした。

その音を聞いた凛は、唐突にはっとして姿勢を正す。

部屋に、アシュファルと二人きりになってしまった。

抗議する為に宮殿中を探し回ってたときは、言いたいことが山のようにあったのに、こうして二人きりになってしまうと、何から言い出せばよいのかわからない。

マリアムが淹れていってくれた紅茶を前にちんまりと椅子に座り、アバーヤの端を肩に掛け直しながら言葉を必死に探す。

視線だけを上げてアシュファルを見れば、彼は扉に続く壁の端に背を預けてこちらを眺めている。

視線が合って、とっさに逸らしそうになったが堪えた。胸の前で指先を揺らし、思いついたことを口にする。

「そうだ、マリアムさんの傾国の美女ってなに？」

「……おまえは、誰に対してもそういう言葉遣いなのか？」

問いの返答を問いで返され、凛はむっと唇を引き結ぶ。椅子を鳴らして立ち上がり、壁に背を預けて軽く腕を組むアシュファルの前に立った。

不機嫌な表情を隠しもせず、アシュファルを睨み上げる。

「先に質問したのは俺だから！　答えたら答えてやってもいいけど！」

子供のような意地を張って言い切ると、アシュファルが堪えきれないかのように肩を震わせて笑う。凛は、引き結んだ唇をさらに固く結び、眉根を寄せた。

アシュファルが伏せていた目を上げて、凛を見つめる。その瞳が甘く微笑み、凛は、唐突に自分の胸がどきりと鳴るのを感じた。

慌てて胸元に手を置き、誤魔化《ごまか》すようにアバーヤの薄布を強く掴んだ。

アシュファルが、その凛の反応を愉しむような視線を向ける。ゆったりとした仕草で寄りかかっていた壁から身を起こすと、凛の肩に腕を回した。

手馴れた仕草で肩を抱き、扉の方へ向かって歩き出す。

「マリアムの夫は、ヨーロッパの小国の王位継承者だった」

前方に目を向けたまま、独り言を呟くように言う。凛は、いつの間にか誘われる形で歩き出してしまった自分に戸惑いつつも、その話に興味が湧く。アシュファルの手を払おうと上げかけた手を止めて、「うん」と相槌《あいづち》を打った。

「マリアムは我が国の王女だが、彼女の夫の国では、次期王の妻が国民ではないことに不満の声が上がった。正式な妻ではなく、非公式な恋人なら認めてやってもいい、……肌の黒い女なら、その程度の扱いで十分だということだ」

「ちょっ……、何だよそれ！　今時、そんな差別してるなんて時代錯誤《さくご》もいいところだよ！

なんで好き好んでそんな国にお嫁に行ったわけ!?」

憤《いきどお》りがトレートに言葉に出る。上げていた手を胸の前で強く握り締めると、アシュファルが視線だけを凛に向けて口元を笑みの形にした。

「マリアムも、そんな国に嫁ぐのはまっぴらだと言ったよ。そうしたら、彼女の夫は王位継承権を弟に譲り、臣下に下った。その後に、マリアムにプロポーズしたんだ。君の為なら、国などいくらでも捨てる……とね」

「あ……、だからマリアムさんが傾国の美女なのか……」

納得して呟いた凛に、アシュファルが薄い笑みを浮かべたまま頷く。部屋の扉に近付くと、手を触れもしないのに音も無く扉が開いた。

何度もここから出入りしていて、自動ドアではないことを知っている凛は、驚いて身を硬くしてあたりを見回す。

扉の向こうには、いつものように目を伏せているカリムと小姓の少年達が恭しく控えていた。

アシュファルは、彼らの姿は目に入っていないかのように廊下を歩き出す。凛は、アシュファルの手が自分の肩に掛けられていることを意識して、慌てて彼の腕の中から抜け出した。

アシュファルは、凛に軽く視線を向けたが何も言わずに廊下を歩む。カリムをはじめとする小姓達も、静かにアシュファルに付き従って歩き出した。

凛は、足を速めてアシュファルの隣に並ぶと、ちらりと振り返ってカリムを見る。

彼は、音だけでものを視ると言っていた。ドアを隔てた室内で、アシュファルが廊下に出ようとしている足音を聴き、彼がドアノブに手を触れる必要がないよう、完璧なタイミングで小姓達に扉を開けさせているのだ。

……ということは、部屋の中の話も全部聴こえてるってことだよな…。カリムさん、日本語話せるし。ってことは……。

声に出さずに思い描いてその可能性で、かっと頬が赤くなる。

もしかして、この間、部屋の中でアシュファルに弄ばれたときの声も聴かれていた――？

そこまで考え、慌てて首を振った。

あのとき、カリムは先に部屋を出ていっていた。そのまま、部屋の外で控えていたとは考えたくない。

凛は、赤くなった頬を誤魔化すように唇を噛む。何か別のことを考えよう……と瞳をめぐらせ、あ、と声を上げて隣を歩くアシュファルを見上げた。

「ねえ、マリアムさんが傾国の美女って言われるのはわかるけど。どうして俺まで、これを着ていれば同じ傾国の、になるわけ？」

後ろに付き従う人々を意識すると声音は自然に小さくなる。アシュファルが、そんな凛を不思議そうに見下ろした。

「おまえも国を滅ぼしかねない美貌だと思うからだ。国民にサラフェルの姿を公開すれば、皆、納得するだろう。砂漠の天使サラフェルは、この世の創造物のなかでもっとも美しい顔立ちを持ち、千の言語で神を賛美する天使と言われている。……ということは、おまえの口が達者なのも千の言葉のうちなのだろうな」

笑み含む声音に、また馬鹿にされたのかとむっと眉を寄せる。反射的に片手を上げて彼の二の腕あたりを軽く叩くと、後ろに付き従う小姓たちが小さな声を上げる。

慌てて後ろを見ると、平常と同じ顔をしているのはカリムだけで、小姓の少年達は皆、青ざめた頬をしておどおどと目を伏せている。

「あ……俺、なんか変なことした……？」

誰に聞くともなく呟く。

アシュファルが、歩みの速度を変えぬままで凛の手を掴んだ。強引に自分の方へ引き寄せ、視線は前に向いたまま唇をほとんど動かさずに呟いた。

「この私に手を上げるなど、この国では考えられぬこと、ということだ。私は神話と共に生まれた王子だからな」

「……だからって……」

大袈裟《おおげさ》な、と言いかけて唇を閉じる。

カリムが側にいるのだ。どれだけ声を顰めていても会話の内容は完璧に聴き取られているだろう。

困惑して眉を寄せる凛に、アシュファルが視線を向ける。まわりに宣言するように、張りのある艶やかな声で言った。

「車を用意してくれないか。サラフェルを連れていく」

その声に、カリム一同、後ろに付き従う小姓達が胸に手をあて恭しく目を伏せた。

「……わ」

子供のような歓声が凛の口からのぼる。

ここは、宮殿から車で三十分ほど走った場所にある、このアルザファール第一の都市、マクスゥームだ。

日本から直行便で到着したとき、林立する近代的な超高層ビル群と青々とした街路樹の緑を見て感動したのを思い出す。

あれから、たった一週間しか経っていないのに、自分はこんなものを着せられ、この国の王子が運転する車の助手席に乗っている……。

そこまで思い、革張りのシートに身を埋めた姿勢で、黒い薄布……アバーヤの端をきゅっと握り締める。

アシュファルは、そんな凛の様子に軽く視線を流し、顎先で前方を示した。

「あの建設中のビルは、完成すると地上百九十階になる。そこに私のオフィスを構える予定だ。サラフェルの勤務先としても、これだけ天に近い場所は最適だと思わないか？」

「え……、百九十階のビル……？」

言葉にしても、まったく現実感が伴わない。

凛は、目を凝らして美しい街路樹の向こうに見える、建設途中のビルを見た。銀色に輝く鉄骨と大きな建機が目立つそれは、今でも五十階程の高さまで出来上がっているように見える。

もう一度、胸の中で百九十階……と唱え、その途方もない高さをやっと思い描いた。

「ちょっ…待てよ、百九十階って!?　俺が知ってる高いビルって、せいぜい六十階とかそのくらいだよっ」

「六十階程度ならば、こちらではありふれたマンションというところだな。日本は国土が狭い上に、首都近郊に人口が密集しているのだから、本来ならば高層建築を充実したほうがいいんだが。地震が多い土地柄を考えると、そうとも言い切れない……というところか」

運転しながら呟くアシュファルの横顔は、有能な青年実業家のそれに見える。

今、彼が運転しているこの車もそうだ。

王子なのだから、宮殿から出るときは運転手付きの大型車に乗り、前後に護衛の車がつくものものしさかと思っていたが、違う。

凛がはじめてアシュファルに会ったときと同じ、車高の高いがっしりとした四輪駆動車だ。

内装は、焦茶色の上等な革張りシートで高級感を醸《かも》し出しているが、外から見ただけではロイヤルファミリーの一員が乗っているとは思えない。

裕福層の青年実業家が自ら運転しているようにしか見えないだろう。

凛は、六車線のゆったりとした広い道路の先に見える建設途中のビルをしみじみと眺め、はっと思いついて、運転しているアシュファルを見た。

「ねえ、今、サラフェルの勤務先とか何とか言ってなかった⁉」

「言ったが……？」

前方を見ている視線をちらりと横に流して事も無げに言う。

凛は、彼の腕を掴んでこちらに向き直らせたい衝動を抑えながら口を開いた。

「まさかそれ、俺のことじゃないよな？」

「おまえ以外、どこにサラフェルがいるというんだ。現世に現れたサラフェルは、時期王となる私をサポートし、共に国を栄えさせてゆく。完璧なシナリオだろう」

「どこが完璧だよ!? 俺の意思はどうなってるんだ、俺は、この国に関わる謂《いわ》れは無いって、何度言ったら……っ」

声を荒げて言ったとき、唐突にアシュファルがブレーキを踏む。

激しい重力が体に掛かり、とっさにシートベルトを両手で掴んで横に振られる体を必死で押さえた。

タイヤが鳴る嫌な音と、急速に踏み込まれるアクセルに、今度は体がシートに押しつけられた。

「な……どうした……っ」

「今は口を閉じていろ、舌を噛む」

何が起きたのか問おうとした凛の声は、アシュファルの厳しい言葉で一蹴《いっしゅう》された。

今まで、理不尽なことはされたがここまできつく命じられたことはない。凛は、激しい加速に息が詰りそうになりながら、皮のシートに身を押しつけてアシュファルを見た。

アシュファルは、車線の中央分離帯に青々と茂る街路樹の切れ目を縫って百八十度方向転換していた。

しきりにバックミラーに目をやりながら、しっかりとしたハンドル捌きで六車線の道路で他の車を追い抜く。

凛は、その様子にただならぬものを感じ、息を詰めながらドアミラーを見た。

車線変更を繰り返しながら加速するアシュファルの車と同じように、他の車を追い抜きながら追跡してくる黒い車がある。

目立たないセダンタイプの車内には、この国の衣装であるディスダーシャを着て被り布を目深に身に着けた男が二人乗っているのが見えた。

「な……何、あの車……」

怯えた凛の言葉に、アシュファルが一瞬、視線を凛に向ける。唇の端に、余裕めいた薄い笑みを浮かべた。

「心配するな。私のサラフェルに、指一本触れさせはしない」

「え……っ」

息をのんだ瞬間、再び急激な重力が体に掛かる。シートベルトがきつく締まり、シートに体が押しつけられた。

タイヤがアスファルトに擦れる音と、高いブレーキ音が重なる。

後ろのほうで、金属が何かにぶつかる大きな音がした。

知らず、悲鳴を上げていた凛は、ぎゅっと瞑ってしまっていた目を開る。

再び激しい加速をはじめたアシュファルの車は、最初に走っていた車線に戻っていた。

中央分離帯の切れ目を利用してUターンをしたらしい。

反射的に振り返ると、リアガラス越しに、中央分離帯に乗り上げて止まっている黒い車が見えた。慌てたようにドアが開き、二人の男が飛び出してくるのが見える。

車からは薄く煙が上がっていた。

「ぁ……」

「心配するな。あの程度の事故で怪我はしないだろう。——同属を罰したくは無いというのに……」

「同属……？」

アシュファルの言葉の意味がわからない。

街中の道路を走っていて追跡され、それを振り切る為に無茶な車線変更を繰り返し、その結果、追跡者の車を大破させた。

そして、それらの全てに慣れている様子のアシュファルがわからない。

——いったい、どうなっちゃうんだよ……っ。

加速する車のシートに身を押しつけながら、凛はぎゅっと唇を噛み締めた。

車を飛ばすアシュファルが乗りつけた先は、敷地内に小型のセスナやヘリコプターが待機するヘリポートだった。

洗練されたデザインながら堅牢《けんろう》そうな入り口ゲートは、アシュファルが車を寄せただけで音も無く開く。

無人であるのに作動するゲートに驚愕の目を向ける凛の横で、アシュファルは当然のように中へ車を進めた。

車が敷地内へ入ったところで、ゲートは再び音も無く動く。閉まりきったところで、ガチリとロックが掛かる音がした。

アスファルトで覆われた敷地内に、銀色に輝くヘリコプターやセスナ機が点在しているのを眺め、凛は頭の芯が眩暈《めまい》を起こしたかのように揺れるのを感じた。

「まさか、あれに乗るの……っ？」

「ああ、そうだ。ヘリを使うつもりはなかったが、事情が変った」

アシュファルの返答は平然としたものだ。

つい数十分前に、妙な車に追跡され、その相手が自ら事故を起こすように煽って車を走らせてきた先が、ヘリポートであることに何の迷いも無いらしい。

シートベルトを外し、車外に降りるアシュファルの背に、凛は慌てて声を掛けた。

「あんな妙な車に追われたんだから、警察に行くか、宮殿に帰って護衛の人をつけたほうがいいんじゃないのか？　アシュファル、王子なんだろ、危ないよ！」

「……私の心配をしている？　光栄だな」

車外に降り立ち、ドアを掴んで軽く身を屈めたアシュファルが凛に魅惑的な笑みを見せる。

凛は、必死に言ったことをからかわれたような気がして、眉をきゅっと顰めた。

「ふざけたり冗談で言ってるわけじゃない、自分の身を守るのも王子の役目なんじゃないのか？　そういうの、蔑《ないがし》ろにするのはおかしいと思う」

努めて冷静に言葉を選んで言っているつもりなのに、声に必死な色が混じる。

アシュファルが、運転席側のドアから顔を覗かせたまま吐息で笑い、静かにドアを閉めた。

車体の前方を回り込んで凛の側のドアを外から開く。

まだシートベルトを締めたままだった凛のシートの金具を外しながら、耳元に顔を寄せた。

「心配されるのも悪い気分じゃないが……。ここで駄々をこねられても困る。こうして運ばせてもらうことにする」

「あ……、ええっ⁉」

シートベルトが外されたと思った瞬間、凛の体はふわりと浮き上がっていた。

車のシートからアシュファルの腕の中へと抱き上げられてしまったのだ。

膝裏と脇の下を支えられた不安定な姿勢のせいで、とっさにアシュファルの首に両手を回してしまう。

間近に美しい翠色の瞳と、それに掛かるプラチナ色の前髪が見えた。白い被り布の下の褐色の美貌が甘く微笑む。

「こんな風に抱き上げてヘリに運ぶと、まるで花嫁を強奪してきたようだな」

「ばっ……！　冗談言ってる場合……っ、あ！」

突然、激しいエンジン音とプロペラが回転し出す羽音が響いた。アシュファルが歩いて行く方向に停まっていた、銀色のヘリコプターの頭上のプロペラの回転が次第に速くなる。

耳をつんざくような音とプロペラが巻き起こす地を這うような強風に思わず目を眇《すが》めた。

「ホント……どこ行く気なんだよ……っ！」

ヘリコプターの激しい音の近くではアシュファルに聞こえないかもしれないと思っても、言葉は口をついて出る。

アシュファルが、凛を抱き運びながら視線を落とした。耳に慣れない激しい音に、眉を顰めて耐えている凛に、軽く肩を竦めて笑う。

「海岸線沿いを抜けて、砂漠へ向かう。そこならば、邪魔は入らない」

「邪魔……？」

問いの言葉は、激しさを増す風とプロペラの音に掻き消される。身にまとっているアバーヤの薄布が風で巻き上がるのを必死で押さえた。

凛を抱いたアシュファルがヘリコプターに近付くと、青いシャツにキャップという、航空整備士を思わせる服装の青年が駆け寄ってきて扉を開けた。

中に乗り込むアシュファルを、胸に手をあてて恭しく見送る。

ヘリコプターの中へ降ろされ、後部座席へと導かれながらアシュファルの涼やかな面差しを見つめた。

アシュファルは、慣れた手つきで凛のシートベルトを装着させる。それが終わるとも、自分も隣の座席に納まり、手早くシートベルトを締めた。

視線を操縦席に向け、軽く指先を揺らす。

そのとたん、轟音《ごうおん》を響かせてヘリコプターがぐらりと揺れながら浮かび上がった。

「っ！」

眩暈に似た揺れに怯え、反射的に手近なものを掴む。

温かく大きなものでその手が包まれ、慌てて視線を落とした。

自分が、アシュファルの手を握り込み、それに重ねるようにして彼が凜の手を包み込んでくれたことに気付く。

絵に描いたような怯えぶりが恥ずかしく、その手を振り払おうとしたが、出来ない。

アシュファルが、強引に自分の膝に凜の手を引き寄せたからだ。そのまま、大切なものを慈《いつく》しむかのように撫でる。

しかし、アシュファルの目は窓の外へと向かい、旋回しながら方向を変えようしているヘリコプターの動きを確かめていた。

「上空の風はそれほど強くない。これならば、あまり揺れずに着けるだろう。……ヘリに乗るのははじめてなのか、凜」

「……凜、って、言った？　今」

プロペラが響かせる轟音とエンジン音の下、アシュファルが自分の名前を呼んだことに気付き、他に問うべきことがあるのに、凜は思わず聞き返してしまう。

アシュファルが、訝《いぶか》しげに片眉を上げげた。両手で握り込んでいる凜の手を指先でトン、と軽く叩く。

「言ったが……？　何か不審ことでもあるのか」

「いや、不審っていうんじゃなくて……あの……」

言いよどむ声は折からの轟音で完全に消された。

ヘリコプターが方向を変えたらしく、左側に重力が掛かり床が斜めになった。あっ、と息をのんでアシュファルに縋りつく。

アシュファルが、大丈夫だとでもいうように、凜の体をそっと抱いて背中をさすった。

耳元で、吐息で笑った声を聞く。

「怯えさせれば縋りついて可愛らしい様子を見せる……。悪い愉しみを見つけた気分だ」

「ちょっ…待てよ！　性格悪いっ、絶対嫌だ！」

体を起こして離れようとしたが、そのとたんにぐらりとヘリコプターが揺れる。遊園地のジェットコースターよりも酷い縦揺れに、ぐっと内臓が押される。

青ざめた凜を、アシュファルが優しく抱き寄せる。片手で握った凜の手をしっかりと包み、大きな胸で凜を庇《かば》う姿勢だ。

凜は、すぐ前にある操縦席に人がいることすら意識することが出来ぬまま、アシュファルに縋りついた。

純白のディスダーシャの胸に頬を押しつけ、込み上げてくる吐き気を堪えて目を閉じる。

アシュファルからは、砂漠を渡る乾いた風のような香りがした。

人工のものではない香りは、アシュファル自身の体臭なのだろう。それを胸いっぱい呼吸すると、理屈では説明のつけようのない安心感に包まれる。

回転するプロペラの轟音とエンジン音は変わらない。予測のつかない揺れも恐ろしい。けれど、アシュファルに抱き締められているだけで、その不安感が少しだけ薄れるのを凜は胸の奥で感じていた。


どのくらいそうしていただろう。

凜を抱くアシュファルの手が、凜の注意を促《うなが》すように軽く背を叩く。

凜は、恐る恐る目を上げて間近にあるアシュファルの顔を見た。

何、と問うよりも先に、アシュファルが視線で窓の方向を示す。

それに導かれるように、凜は窓の方へ目を向けた。

「うわ……」

真っ青なアラビアンブルーの海が窓いっぱいに広がっている。幾何学的に美しく整えられた市街地と白い海岸線。そして、海の中に砂で描いたようなオブジェが見えた。

いや、オブジェというには巨大すぎる。市街地と見比べても、街が一つ海上に移動したほどの大きさなのだ。

「あれは人工島だ。私が手がけているプロジェクトの一つで、砂漠の国で海を楽しむ土地を多く提供するというコンセプトで着手したものだ」

「人工島……？　あんなに大きい島を、人の手で造った……」

あまりのスケールに言葉も出ない。

凛は、ヘリコプターに怯えていた気持ちよりも好奇心が勝ち、アシュファルの腕の中から抜け出して少しだけ窓の方へ身を乗り出した。

深い青色をしたアラビアンブルーの海の中に、流線型を多用した複雑な花の形が浮かび上がっている。

白砂で囲まれた比較的小さな島を何十個も配置して、全体を大きな花で形作っているのだ。

実際に、この人工島に足を踏み入れても、上空から見下ろす花の形は想像も出来ないだろう。

神の視点。そんな言葉が思い浮かんだ。

「サラフェル……天使なんてものがいなくなって、自分でこんな凄いこと出来ちゃうんじゃないか……」

呟いた言葉は、ヘリコプターの轟音にまぎれて凛の自分の耳にさえ届かない。

凛は、傍らに座っているアシュファルの存在をひどく遠いもののように感じながら、眼下の海に花開く形で浮かぶ人工島群を見つめた。

## 7

まだプロペラの勢いが止まないヘリコプターの扉が開く。

凛は、一面の砂漠の中に点在するアースカラーの建物を眺めながらアスファルトの上に降り立った。

肩から羽織るようにして身に着けているアバーヤが風をはらんで大きく膨らむ。それを両手で押さえながら、地平線を真っ赤に彩る夕日を背景にした、落ち着いた佇まいの建物を眺めた。

「こんな砂漠の中なのに……凄い……」

建物はベドウィンのテントを模《も》した形――と言っても、その大きさと規模は比べようもない――で、ヘリコプターの窓から見下ろさなければわからない中央部分に、広々としたオアシスを抱えていた。

夕焼けの色を受けてキラキラと瞬くオアシスのまわりには、ヤシの木をはじめとする青々とした緑が茂っている。

建物はいくつも分散していて、その横にも小さな水場……多分、プライベートプールなのだろう、それらが贅沢なほどの距離を空けて作られていた。

ここは、アシュファルが所有するリゾートホテルの一つだという。

ヘリコプターの中で今日の目的地はここだと言われて、凛は溜息をついた。

どこに行くとも言わずに連れ出し、勝手に物事を進める。王宮ではそれが当然なのかもしれないが、凛は苛立つばかりだ。

文句の一つも言ってやりたいが、相手はこの一週間、直接話したいと訴えながらも、仕事が忙しいという理由で全く会えなかったアシュファルだ。

砂漠の中のリゾートホテルならば、仕事の呼び出しなどの邪魔が入らないだろうし、耳聡《みみざと》いカリムの存在を気にせずに話すことが出来る。

——好都合だ。ここで話をつけて、日本に帰る手筈《てはず》を整えてやる。

胸の中で固く自分に言い聞かせながら、凛は砂の舞うアスファルトをスニーカーの踵で荒く踏みしめた。

凛に続いて、アシュファルも地に降り立つ。

ヘリコプターが巻き起こす風で乱れるディスダーシャを慣れた様子で払い、白い被り布とプラチナ色の前髪を整えた。

すっと手を地平線へと伸ばし、ヘリコプターの轟音の下で凛に言い聞かせるかのように声を張る。

「ホテルの入り口は向こうだ。早く移動しないと、飛び立つヘリからの風で息が辛くなる」

その言葉に顔を上げ、凛は小さく頷いた。

アバーヤが風をはらんで飛ばされそうになる。自分の体まで風に流されてしまいそうだ。

ヘリが巻き起こす風は砂漠の砂を巻き込み、そのせいで目をしっかり開けていられない。

目を眇めて遠くを見たとき、視界の端に一瞬、知った顔が過《よ》ぎった気がした。

はっとして目を見開いたとたん、砂が目の中に飛び込む。

小さく声を上げて両手を目にあて、力任せに擦ろうとしたとき、アシュファルに強く手を掴まれた。

「砂が入ったなら、擦るな。下手をすると眼球に傷がつく」

凛は慌てて手を下ろした。アシュファルが改めて凛の腕を取り、建物の方へと歩き出す。

目の痛みを堪えてきつく目を閉じている凛の足元を気遣うかのように、アシュファルの歩みはゆっくりとしている。

凛の二の腕を掴み、アスファルトから自然の砂に変わる位置まで来ると軽く腕を引いて注意を促した。

お陰で凛は、足元の感触が変わったことに驚きもせず、目を閉じたままで歩くことが出来る。

自然のままの砂地を進むと、さらさらと砂が流れる音がした。

視覚を閉ざすと、聴覚が鋭敏になる。

そう思ったとき、先ほど見かけた人影が頭の隅を過ぎった。

――あれって…、カリムさんじゃなかったのかな……?

口には出さず、胸の中で確認するように呟く。

痛む目を薄く開けて、砂を押し流すための生理的な涙で歪む視界の向こうの人影を確かめようとしたが、先ほどちらりと見えた建物の影に人影は無い。

しかし、凛の脳裏には一瞬だけ見た人の姿が焼きついていた。

その人は、まるであたりを憚《はばか》るかのように建物の影に立ち、この国の男性の多くが着ているディスダーシャに白い被り布姿だった。

宮殿内のカリムは、いつも白いディスダーシャの上に黒いガウンを羽織っていた。

最初は知らなかったから不思議に思わなかったが、カリムが常に黒いガウンを着ているのは、この国の男性としてとても珍しい。

ガウンは、王族かそれに準じる男性が、公式な式典のときに金糸銀糸の飾りがついた華やかなものを着るものなのだ。

普段は、王族もごく普通の国民も、成人男性は純白のディスダーシャに白い被り布を身に着けるだけだ。

ディスダーシャの微妙なデザインの違いや仕立てる生地は人の好みで千差万別だというが、一見すると同じアラビア服に見える。

つまり、遠目に見るだけなら誰なのか判別しづらいのだ。

それなのに、凜は感覚的にあれはカリムなのではないかと思った。

はっきりと確認したわけでもないのに、知っている人物と結びつけるのは、もし、そうだったら困ると無意識のうちに思っているからだろう。

カリムの耳を気にしながら、アシュファァルと話すのは抵抗がある。

アシュファァルのスタッフとして、カリムは公私問わず側についていることが多い。

アシュファァルの身の安全の為に、密室にいるときでも様子を知る役目なのだと頭ではわかっている。

しかし、アシュファァルと二人で部屋にいるとき、その声や様子を聴かれるのはどうしても嫌なのだ。

アシュファァルが、性的なことを仕かけてこなければ、ここまでの嫌悪感はないのかもしれない。

日本への帰国を許可させることを、言葉の交渉のみで決められるのならいい。だが、この間のように押し倒されてしまったら？

——違う、それだけが理由なんじゃない。

凛は、胸の中で苦い思いを噛み締めた。

他人がすべて原因なのではない。自分が、アシュファルと二人きりでいてどうなってしまうかわからないのが怖い。

押し倒されて、やすやすと抱かれてしまったらどうする。嫌だと口先だけで言いながら、快感に喘ぐ一部始終をカリムに聴かれたらどうする。

ずるいのは、俺だ。

凛は、痛む目元に手の甲をあてる。砂を押し出そうと生理的に溢れてくる涙を拭うふりをして、軽く唇を噛んだ。

凛の腕を取って先を行くアシュファルの歩みは変わらない。凛の苦悩など全く知らない、堂々とした歩調だ。

アシュファルに腕を取られるまま歩いて、シックな赤茶色の外壁が遠くまで続く建物のエントランスへつく。

やっと目から砂が涙と共に流れ落ち、凛はまだ違和感のある目を瞬かせながらあたりを見回した。

砂漠の中に佇むのにこれほどまで似合う建物は無い、アースカラーの壁には流れる砂の模様がところどころにデザイン的に配されている。

建物自体は大きさをそれほど感じさせない、開口部分が少ない低層のものだ。砂漠に面した正面玄関は簡素で、唯一の装飾はアイアン細工で流麗に蔓草《つるくさ》模様を浮かび上がらせた大きな扉だけだ。

まるで、貴重なオアシスを護る要塞の扉のようだ。

アシュファルが、凛の手を取りながら幅広の低い階段を昇る。

セキュリティロックがはずされる小さな音が響き、アイアン細工の扉がゆっくりと開いた。


「え……」

凛は、ぽかんと口を開けて立ち止まってしまう。

砂が吹きすさぶ砂漠と中を遮る扉の向こうとこちらは、まるで別世界だ。

天窓に取りつけられた硝子越しの柔らかな光が降り注ぐエントランスの床は、色とりどりの大理石で組まれたモザイク模様。

その上に、エキゾチックな織り模様が浮かび上がるカーペットが敷かれている。

視線を上げれば、ホールの両側から二階の回廊へ続くなだらかな階段がある。手摺《てすり》や欄干《らんかん》は黒々と光る石造りで、アラビア風の美しい細工がびっしりと施されていた。

そのホールの先、中庭部分に見えるのは涼やかな音をたてる噴水と緑。

小鳥の鳴き声がどこからともなく聞こえ、室内をゆったりと流れる冷たい空気には緑の香りが混じっていた。

空調の風はホールの天井付近から霧雨のように床に降り、そのまま水辺の方へと流れいく。

その為に、中庭に面した壁が取り払われて外気と接していても涼しいままでいられるらしい。

「凄い……」

呟きながら顔を上げ、天窓に嵌《はま》っているステンドグラスを見る。

ヨーロッパのそれとは違う、エキゾチックな花と蔦模様を透かして夕刻のオレンジ色の光を見た。

「何をそんなに驚く」

静かなアシュファルの声に、はっと視線を戻す。

隣に立つアシュファルが、訝しげに眉を寄せているのを見て、慌てて首を横に振った。

「凄く、きれいだから。ヘリから見下ろしたとき、中庭とオアシスがあるな、って思ったけど。実際に見ると、本当に凄いよ」

「美しいというのは否定しないが……。ここは、私の宮殿をモデルにデザインさせたものだ。ここで驚くなら、宮殿でも驚いただろう」

「まあ、驚いたけど。宮殿では、ここどこだ!? って思うのが先で、建物の装飾に驚く暇なかった」

素直な感想を述べると、アシュファルが一瞬、驚いた顔をする。

長い指で口元を隠し、肩を震わせて笑い出した。

「な……っ、なんで笑うんだよっ！ 俺、変なことなんか言ってない！」

思わず声を荒らげると、吹き抜けの高い天井に響く。

自分の声の残響が木霊《こだま》のように聞こえ、ぎゅっと唇を閉じた。次の瞬間、凛もつられるように笑い出してしまう。

癇癪《かんしゃく》を起こして怒っても、その声が何倍にもなって降ってきたら気が削《そ》がれてしまう。

笑っている凛に、まだ笑みの残る表情を浮べたアシュファルがゆったりとした仕草で手を差し伸べた。

砂と涙で汚れた凛の頬を両手で包み、指先で優しく砂を払う。

アシュファルの手のひらは大きく、温かい。

凛は、その心地良さに軽く目を伏せた。

そのとき、遠くから控えめな女性の声が聞こえた。

凛は、はっと目を見開いて慌ててアシュファルの手を払う。声のしたほうに顔を向けると、黒髪を後ろで一つに結い上げ、肩から袖口に掛けて大きく広がったアラブ風ロングワンピースの女性が現れた。

胸元に名札らしいものをつけていることと、黒い被り布こそしていないものの、アラビアの昔話に出てきそうな雰囲気の服を着ていることで、このホテルのスタッフなのだとわかった。

彼女が、穏やかな笑顔を浮べて胸に手をあて、この国の言葉でアシュファルに何かを話す。

アシュファルが静かに頷いて、凛へと向き直った。

「まず、飲みものはどうかと言ってる。必要なければ、部屋に行くが。どうする」

「部屋に行く」

即答した凛に、アシュファルは表情も変えずに頷いた。

ホテルスタッフの女性から真珠色のカードキーを受け取り、オアシスのある中庭のほうへ歩き出した。

凛がついてくるのを確認する気配すらない。

凛は、その堂々としたアシュファルの後姿を苦々しい思いで見つめる。

部屋に行って、話をつける。

他のことを考えそうになる頭を、その一点だけに集中させた。

うん、と、一つ大きく頷き、ホテルスタッフの女性に軽く会釈をしてアシュファルの後を追う。

建物の中から、オアシスの庭へと降り柔らかな芝生を踏む。

ほんの少し前、乾いた砂を踏んでホテルに入ったことが信じられなくなるような世界だ。エントランスに入ったときに聞こえた鳥の声が強くなる。

涼やかなオアシスの水音は途切れなく、枝が折り重なる木々の間を行くアシュファルの背は、その枝間に隠れて見えなくなってしまいそうだ。

凛は、その白いディスダーシャの背中を追って芝生を踏む足を速めた。


色とりどりの花や木々が茂る庭を通り過ぎ、辿り着いた部屋に入って、凛は再び息をのむ。

砂漠の中のオアシスだと思ったホテルの、そのオアシスを通り過ぎた部屋から見えたものは、夕刻を過ぎた薄明かりの中にただ広がる雄大な砂漠だったからだ。

微妙に色合いの違うアースカラーでまとめられた室内は、簡素なまでにスタイリッシュだ。

ホテルのレセプションが、アラビア文化をモチーフにした華麗なデザインだっただけに、室内がより簡潔なデザインに見えるのかもしれない。

その、一面の砂漠が見渡せる大きな窓へ吸い寄せられるようにして近付き、冷たいガラスに手をあてて、地平線に日が沈んだ後の茜色を息を詰めて見つめた。

「凄い……」

小さな声で呟いた凛の言葉を、先に部屋に入っていたアシュファルが聞き取ったらしい。窓際に立つ凛から離れた、精緻な織り模様の入った布張りのソファに身を預けて頷いた。

「ここは、国立保護区の中にある。砂漠は遊牧をして暮らしていた我が民のルーツだ。美しい砂漠を護る為の保護区の中に、その美しさを堪能するラグジュアリーなホテルが必要だと思った」

「だから、ここにホテルを作ったんだ……」

ガラスの向こうを見つめながら呟く。部屋の淡い照明を受けて、うっすらとガラスに映り込むアシュファルが、長い足を鷹揚《おうよう》に組んで頷いた。

「そうだ。ここからなら、本格的なキャラバンを組んでデザートツアーに出ることも容易い。このあたりは保護区の許可を受けた数台の車とヘリしか入ることが出来ないから、砂漠をラクダと共に歩んで昔に想いを馳《は》せているとき、無粋《ぶすい》なエンジン音を聞いてしまうことも無い」

「――俺は、もっと都市に近い砂漠でデザートツアーに参加して、砂漠の中に置き去りにされて……。アシュファルの車のエンジン音が聞こえてきたとき、もの凄く嬉しかったよ」

エンジン音を無粋だと言い切るアシュファルの、その傲慢《ごうまん》さがちくりと胸に突き刺さる。

凛は、ガラスを背にして振り返った。優美な曲線を描くソファにゆったりと腰掛けているアシュファルを睨む。

「で？　俺をここに連れ出した理由は何。ラグジュアリーな砂漠のホテルや、建設途中のバカみたいに高い超高層ビルや、海に浮かぶ花の形の人工島を見せびらかすためじゃないんだろ？」

「……見せびらかす、ね……」

凛の言いようが可笑しかったらしい。アシュファルが、口の端を上げて微笑む。窓際に立つ凛をしっかりと見据え、緩く腕を組んだ。

「もちろん、そうだ。それらは、私の日常的な仕事の一部でしかない。今は国内に建設している国際投資物件をメインに仕事を進めているが、今後は国政への比重も大きくなるだろう。……純粋な、ビジネスとしての提案だ。私が伝説通りに見出したサラフェルであることを前面に押し出し、私のサポートとしてオフィススタッフの一員に加わって欲しい」

「……え…？　な…っ、なんだよ、いきなり……」

凛は、あまりに唐突に思える申し出に口籠った。

アシュファルが、心底意外だとでもいうような顔で凛を見た。ふと、軽い溜息をつく。

「なにをそんなに驚く。天使だと崇《あが》められて、宮殿内に閉じ込められるとでも思ったのか」

「……そ…、そういうわけじゃないけど…っ！　伝説だの何だって、非現実的なことばっか言ってるから……」

「狂信的に伝説を信じている、言葉の通じない相手だと思っていたか？」

揶揄するようでも、可笑しがっているようでもあるアシュファルの言葉に、凛はぐっと息をのむ。

大きなガラス窓に背を預け、不承不承《ふしょうぶしょう》頷いた。

「だって……。そうだとしか思えないだろう⁉　砂漠ツアーの最中に置き去りにされて、なんとか通りかかった車があったと思ったら、相手は王子で俺のこと『天使』だとか何だとか……。非現実的すぎる……」

「その上、ベッドで抱かれかけ、私の手の中に精液まで放って？」

「アシュファルっ！」

突然、性行為の話を持ち出され、凛は顔を真っ赤にして怒鳴った。

アシュファルが、堪えきれないとでもいうように肩を揺らして笑い出す。その笑顔は、宮殿内で何度か見かけた作り込んだものではない気がして、凛は首を傾げた。

アシュファルが、ふと、目を上げて凛を指先で呼ぶ。

犬か猫かを呼ぶような仕草をされても、普段の凛ならば絶対に近付かないところであるが、今日は好奇心のほうが勝ってしまう。

落ち着かない足取りで大理石の床を踏み、ソファセットのある部屋の端へ向かった。アシュファルの真正面に立つと、天上から降る淡い光で出来た自分の影の中にアシュファルが隠れる。いつも見上げるばかりだったアシュファルを見下ろし、凛はわざとらしく腰に両手をあてた。

「そう言うからには、詳しい話を聞かせて頂きましょう」

慇懃《いんぎん》に言う凛を見上げ、アシュファルはますます可笑しそうに肩を揺らす。頷きとも否定ともとれる仕草で首を振った。

その意味を問おうと、口を開きかけた瞬間、凛はアシュファルが伸ばした手に手首を掴まれていた。

「――――っ！」

力いっぱい手を引かれてバランスを崩し、アシュファルの膝の上に倒れ込む。体に衝撃と痛みが走り、息が詰まった。

「う……」

唸りながら目を開けると、真上にアシュファルの端正な顔を見上げる格好になっている。ちようど、膝の上に仰向けに寝かせられた格好だ。

背中や腕にじんじんと走る痛みを堪え、凛はぎゅっと口を噤《つぐ》む。

アシュファルの瞳が甘く細まり、そっと身を屈めた。凛の耳元近くで声を潜《ひそ》めて囁く。

「ここにはカリムはいないから、存分に声を上げて喘ぐといい。……今日は手加減しない」

「それって……」

混乱する凛の頭の中に、ヘリコプターから降り立ったときに見かけた、カリムに似た人物の姿が浮かぶ。

それと同時に、あれはカリムではなかったのだと思った。

アシュファルが呼んでいないのならば、カリムがここにいるわけはない。来ているとしたら、プライベートで偶然、というところだ。

そんな偶然は、そうあることではない。

凛は一瞬のうちにそこまで考え、自分を納得させる。しかし、今の状況は受け入れられるものではなかった。

アシュファルの手は膝の上に乗った凛の体をまさぐり、肩から羽織ったアバーヤを押し退けてシャツのウエストを探る。ジーンズのボタンを慣れた手つきで外し、その中に長い指を滑り込ませてきた。

ひやりとした感触に、きゅっと身を縮める。アシュファルのすることを止めようと伸ばした手で、彼の手首に爪をたてた。

猫のような反応をする凛に、アシュファルが軽く眉を顰めて不意打ちの痛みに耐えるような表情をする。

しかし、凛の手を払うことはせず、褐色の肌にぎりぎりと爪が食い込むままにさせた。

「全く……。私の膝の上で、ここまで無遠慮に振舞うのはお前がはじめてだ。いっそ、野生の虎のほうが扱いやすいような気がする」

淡々とした声で言いながらも、凛のジーンズの中に忍ばせた手で、下着の上から、まだ柔らかな性器をまさぐる。

凛は、性器に直接施される刺激に流されてしまわないよう、ぎゅっと唇を噛み締めた。その間も、アシュファルの手首に爪をたてることを止めない。

体が強張ってしまって、自由が利かないのだ。ただ、流されてしまいたくないという一念のみで体中に力を入れる。

「……強情だな」

呆れたような笑み混じりの声がした、その瞬間、アシュファルの手がそっと動く。

凛は、はっと目を見開いて痺れるほど強張っている手を下ろした。

爪の先が真っ白になっている。それが目に入った瞬間、自分がアシュファルに何をしたのか思い至った。

「ぁ……、ごめん…ッ。こんなことするつもりは……」

つたない言い訳を口籠る凛を、アシュファルが薄い笑みの気配が残る表情で見下ろした。仕方ないな、と、聞こえるか聞こえないか程度の声で囁く。

「え……ええっ！」

凛は、不意にアシュファルに膝下と脇の下に手を差し入れられて抱き上げられた。手足をばたつかせる凛に構わず、しっかりとした足取りで部屋の奥へと歩む。

ベッドルームとリビングが分かれたスイートルームの作りらしい部屋の、琥珀色の照明に照らされたベッドルームを横に見ながら通り過ぎる。

さらに奥まった場所にある木製の扉を、アシュファルは凛を抱き上げたまま、肩で押した。

「あ……」

最初に目に入ったのは、青白い光だった。

ゆらゆらと揺れる水面が、水中からライトアップされている。

広いウッドデッキに囲まれるように、緩やかな流線型のプライベートジャグジーがある。ジャグジーの向こうは、夕刻の時間をとうに過ぎた藍色の空と、輝きはじめたたくさんの星が見える。

広い夜空の中に、すっきりとした細い三日月が昇っていた。

アシュファルが、凛をプライベートジャグジーの横に二つ並べて置かれているデッキチェアに座らせる。

静かにウッドデッキに膝をつき、この状況についてゆけずに呆然としている凛の右手を取った。

そっと掲げて、凛の何の手入れもしていない深爪の指先に、女王にでもするように恭しく口付ける。

「アシュファル……」

「――我がサラフェル、王宮に留まれ。外聞的にも恥じることの無い、王宮スタッフとしての正規の役職と地位を与えよう。いくつも進行しているプロジェクトで、興味があるものがあればそれに参加してもいい」

「どうして……」

戸惑う凛の声が吐息に消える。

アシュファルが僅かに体を離したかと思うと、ディスダーシャの腰のポケットから強い光を放つものを取り出したからだ。

何、と、目を凝らすと、アシュファルがそれを両手で持って凛の足首に巻く。

裸足の足にさらりとまとわりついたのは、華奢なデザインの大粒のダイヤが一列に並んだアンクレットだった。

「なにこれ……本物……？」

見た目よりも重みのあるアンクレットに戸惑い、アシュファルを見る。アシュファルは、事も無げに頷いて凛の足首を見下ろした。

「思った通りだ、よく似合う。このダイヤモンドは我が国で発掘されたものだ。そう大きな石ではないが、よく光るものを選んで作らせた」

「まさか、このダイヤと引き換えに何かしろ、とか言う気なんじゃ……」

怯むような声で言った凛に、アシュファルが失笑とでもいうような笑みを見せる。凛は、反射的に眉を顰めたが、アシュファルの腕で強引に引き寄せられて息を止めてしまう。

言葉も発することが出来ないまま、力強いアシュファルの腕の中で息を殺した。

白いディスダーシャのさらりと冷たい生地が頬にあたる。

「アシュファル……」

ただ、その名を呼ぶ。しかし、その先の言葉は出てこなかった。

「ん……ぅ……ん……」

涼やかな水音に、凛の押し殺した喘ぎが混じる。

水中に設えた青白いライトの光を受けて、広いウッドデッキに無造作に散らばる凛のアバーヤやアシュファルのディスダーシャが淡い影を作っていた。

ぱしゃん、と、また湯が跳ねる。

凛は、泡立つ湯に胸まで浸かり、背をアシュファルの厚い胸板に預けて荒い息を上げた。

背にあたるアシュファルの褐色の肌は滑らかで、完璧なバランスでついている筋肉の形まで感じられる。

細いだけの自分の体が恥ずかしい……、服を脱がせられ、アシュファルの裸体を間近で見るたびそう思う。

そして、デッキチェアに腰掛けて足にダイヤのアンクレットを巻かれ、抱き寄せられたところまでは覚えているのに。どうして今、ジャグジーの湯の中で裸で抱き合っているのだろうと思った。

時間が一足飛びに過ぎ去ったような不可思議な感覚……いや、そうじゃない。

本当は、アシュファルに抱かれようとしている自分を認めたくなくて、意識的に現実から目を逸らしているだけなのだ。

頭の中の冷静な部分では、快楽に惹かれる浅はかな自分を醒《さ》めた目で見つめているというのに、凛の体はますます熱くなる。

手馴れたアシュファルの愛撫を受けて、まだ触れられていない性器まで形を変えはじめていた。

泡立つジャグジーの中では形まではっきりと見ることは出来ない。だが、硬く張りつめはじめて時折、ひくん、ひくん、と揺れているのが凛にはわかった。

ますます、自分の浅ましさが恥ずかしい。

それでもアシュファルの手を押し退けられないのは、一度、与えられてしまった快感を体が忘れていないからだ。

どうしようもない羞恥と快感を同時に与えられた衝撃を、体がはっきりと覚えている。

恥ずかしい、恥ずかしいと思い、全身は竦むほどなのに、凛の性器はどんどん熱を溜めて全身までもが熱くなる。

その体温の高まりを愉しむかのようにアシュファルの大きな手が凛の肌を這った。赤く染まった胸の先端に辿り着くと、爪先できゅっと強く抓《つま》む。

「……んッ」

とっさに唇を噛んで眉根を寄せ、鋭い痛みに耐える。

アシュファルが、ジャグジーの中で伸ばした腿の上に凛を後ろ向きに座らせ、細い体を後ろから抱いた姿勢でその耳元へ唇を寄せた。

「なぜ声を殺す…？　思う存分、声を上げるといい。ここには、おまえの声を聴く者はいない。……目を開けて、正面を見てみなさい」

「え……？」

唆《そその》かすかのような甘い声音に促され、凛は肩で息をしながら薄く目を開けた。目の前に、銀色に輝く砂漠が広がっている。

夕刻の茜色も、日が沈んだ後の藍色の空も過ぎた時刻、砂漠には硬質な月の光が降り注いでいた。

それが砂漠の白砂に反射して、昼に見る砂漠とは全く違う色へと変化しているのだ。

――砂漠ツアーの夜に見た色だ。

そう思ったのもつかの間、凛は短い声を上げてアシュファルの膝の上で体を跳ねさせた。抓まれていた胸先に、強く爪をたてられたのだ。

「い……っ、た……い……」

掠れる声で訴えても、アシュファルの指先の力は緩まない。片方の胸の先端に爪をたてながら、もう一方の手で凛の手首を掴み、湯の中にある凛自身へと導いた。

「痛みの中で、自分の性器がどんな風になっているのか確かめなさい。……ほら、どんな感じがする？」

「……やだッ……」

少しだけ掠れたアシュファルの甘い声音が、毒のように凛の耳の中に吹き込まれる。

手首を掴まれて湯の中に導かれた右手が、自らの性器に触れた。

反射的に引いた腰が、アシュファルの体にぶつかって止まる。その触れた肌……凛の双丘が、アシュファル自身の硬く熱いものにあたったのだ。

「っ……」

それが何なのかすぐに思い至り、凛はかっと頬を赤くする。そして、恐る恐る自ら性器を手の中に収めると、腰を僅かに引いて肌でアシュファルの性器の高まりを感じた。

アシュファルが、凛の耳元に唇を寄せたまま吐息で笑う。凛の体を片腕で強く抱き直し、自らの性器に凛の双丘をさらに強く擦りつけた。

「同じように熱くなっている……。覚えているか、王宮のベッドの上で、この二つを擦り合わせたとき――」

「やだ…ッ」

以前の性行為を思い出させようとする言葉を、必死に否定して首を振る。自らの性器から手を離し、濡れた両手でアシュファルの腕を掴んだ。その胸の中から逃れようと必死に身を捩る。

しかし、凛の体はアシュファルの腰の上に引き上げられてしまっている。完全に勃起したアシュファルの性器を跨《また》ぐ姿勢だ。

再びアシュファルの腕が凛の胸元に伸び、赤く充血している胸先を抓んで先端を指の腹で転がした。

じんじんと疼《うず》く、痛みとも快感ともつかないものに苛《さいな》まれながら凛は力なく首を振る。ジャグジーの湯が跳ねて、凛の頬に髪が一筋乱れかかった。

それを唇でなぞるようにして、アシュファルが上気した凛の頬に唇を寄せる。

「足に力を入れて……腿を締めるんだ。……出来るな……?」

問いかける調子でありながらも、その声には命じることに慣れた者独特の響きがある。

凛は、朦朧《もうろう》としはじめた意識の中で、言われるままになってはいけないと思った。それと同時に、アシュファルに身を任せて快楽を貪《むさぼ》りたいという衝動に襲われてしまう。

どちらが自分の本心なのか――いや、多分どちらも本当なのだ。

男としてのプライドと意地も、信じられないほどの快楽に流されたがっている気持ちも、自分の中に確かに存在している。

「……ぁ…ッ……」

息を殺す凜の体の下で、アシュファルが軽く腰を揺する。

うっすらと肉のついた凜の内腿の間に硬く反り返った性器が入り込み、凜の性器の下の柔らかな袋を押し上げた。

「ん…ぅ……」

体を震わせて下肢から這い上ってくるじわじわとした快感に耐える。しかし、そんな凜の理性を揺さぶるように、アシュファルが腰を激しく突き上げてきた。

湯の中で、自分の両腿の間からアシュファルの赤黒く充血した性器の先端が見え隠れする。

それに突き上げられる柔らかな袋と、腰を激しく揺さぶられるせいで、ますます勃ち上がって前後に揺れる自らの性器を見てしまい、あまりの卑猥《ひわい》さに眩暈がしそうになった。

しかし、凜の体はこの光景にさらに興奮して、ひくん、と性器を震えさせる。

先端だけしか見えないアシュファルの大きなものと比べると、まるで子供のような凜の性器も限界まで反り返って揺れていた。

「やッ……、んっっ、ぁ…ッ……！」

凛は、細い悲鳴を上げて胸元に這わされているアシュファルの腕に縋る。

目の前に広大な砂漠があり、そこに降り注いでいる銀色の月の光を望む神秘的な光景の中で、男に下から突き上げられて嬌声《きょうせい》を上げる自分が信じられない。

しかし、揺さぶられながら聞く激しい水音は、次第に凛の理性を曖昧にさせてゆく。

砂漠を吹き抜ける微かな風の音と、揺すられて上がる水音が混じり合い、凛は自分の中の理性がぐずぐずと蕩《とろ》けるのを感じた。

「……ぁ…、アシュファル…ぅ……」

掠れた声で名を呼びながら、半ば無意識にアシュファルの性器を挟み込んでいる両腿を締める。

胸元に這わされ、凛の体を支えているアシュファルの腕が微かに緊張した。

その瞬間、ぐっと腰を引き寄せられ、柔らかい袋はおろか性器の付け根までを強く擦り上げられる。

「ん…ッ、ぁ…っ……！」

喉奥で息をのみ、背を撓らせてアシュファルの胸に背中を押しつけた。

じわりと湯の中に先走りが滲む。

湯に浸かったまま体をあわせている熱と欲望で潤んだ目を、体を僅かに捻ってアシュファルに向ける。

痛いほど勃起した性器から精を飛ばしたいという欲求以外、何も考えられない。

アシュファルも、少しだけ荒くなっている息をついて凛を見つめ返した。

白い被り布で隠していないプラチナ色の髪は降り注ぐ月光と同じ色合いで、滲む汗をまとって褐色の肌に乱れかかっている。

そして翠色の瞳の中には、微かな欲望の色を滲ませていた。

「……凛、立ち上がりなさい。ジャグジーの縁《ふち》に両手をつくんだ」

瞳に浮かぶ欲望が見間違いではない証拠のように、アシュファル声は微かに掠れている。凛は、荒くなる息を堪えて膝を立てる。よろよろと立ち上がった。

泡立つ湯の中で、足首にまとわりつくダイヤのアンクレットが揺れる。ちらちらと鋭い光を弾いているのが見えた。

「う……」

微かに顔を俯けて、ジャグジーの縁に両手をつく。

緊張して震える両手の間から、完全に勃起して真っ赤に充血している性器が見えた。

ぎゅっと目を瞑《つむ》って自分の体を視界から隠す。

後ろに、アシュファルの大きな体が重なったのがわかった。

硬く熱い切っ先が尻の間に押し込まれる。

反射的に体を引こうとすると、後ろから両手を掴まれ、さらにぐっと腰を突きつけられた。

「――ッ、くぅ……！」

アシュファルの性器の先端が、激しい違和感と共に僅かに体内へ沈む。

信じられないような痛みが背中を駆け上り、全身に力を入れてアシュファルのものを押し戻そうと体が竦む。

しかし、アシュファルはそれを許さず、凜の細い体を後ろから抱き寄せるようにして、後孔に突き立てた熱い性器を強引に押し込みはじめた。

「やっ…、――ああぁッ！」

高い悲鳴が喉から溢れる。

ずくずくと狭い後孔を押し広げながら入り込んでくる性器の熱さと大きさに、気が遠くなりかけた。

しかし、その瞬間を見逃さず、アシュファルが強く腰を振りたてる。

新たな刺激に凜は体ごと振られ、両手をジャグジーの縁についたまま、ばしゃんと腰で湯を打った。

凜の性器からは、耐え切れない先走りがとろとろとこぼれて湯の中に滴り落ちていく。

「……まだ痛いだけだろうが…、次第に馴染んで、堪らなくなるはずだ……」

耳に後ろから唇を押し当てながら囁くアシュファルの声は、強い欲望と凛の激しい締めつけに耐えるように掠れていた。

凛は、頷くことも出来ずに歯を食いしばり、両手をついた縁に爪をたてて首を振る。

「無理……っ、いた…ぃ……」

涙混じりの声で訴えると、腹につくほど勃起した凛の性器からぽたぽたと先走りが湯に落ちた。

痛みを快感に変換して、興奮しているらしい自分の体が信じられず、力なく首を横に振る。

少し濡れた毛先がぱらぱらと頬を打った。

アシュファルが、凛の耳元で微かに笑うと吐息をこぼす。

「こんな性器をさらしながら……まだそんなことを言うのか」

言葉と共に、アシュファルの大きな手が凛の性器に絡みついた。もう一方の手は凛の腰を強く掴む。

そして、激しい突き上げがはじまった。

「———あッ、ああッ！　ああぁっ！　———やッ、やだぁ…ッ…!!」

腰を揺すられるたびに、ずくり、ずくり、とアシュファルの性器が深く体内に沈み込む。

裂けるのではないかと思うような痛みと、その痛みすら快感だと感じるらしい凜の性器が、突き上げられながら扱かれ、射精直前の震えに動めく。

その瞬間、ぎゅっと根元を締め上げられ、凜はあまりの辛さに涙を零《こぼ》した。

半ばまで性器を凜の体内に埋めたアシュファルが、辛そうな息を吐いて凜の腰を片手で掴み直す。

凜の耳元に、もう一度唇を寄せた。

「射精したかったら、体の力を抜くんだ……。私の精液を体内で受け止めなさい」

「う……、ん…んッ……」

凜は、涙で濡れた目を上げて振り返り、間近でアシュファルの翠の瞳を覗き込む。その目が甘く笑み細まり、こんなことをしている最中だというのに、あまりの安心感でほっと吐息がこぼれた。

その瞬間を見逃さず、アシュファルが強く腰を振って凜の体内へ性器を根元まで突き入れる。そして、凜の性器を縛めていた指を離した。

「——んんっッ、あぁ…あッ……」

びゅくん、と、凜の白濁がジャグジーの縁に飛ぶ。

先端から糸を引いて、萎《な》える性器を晒す凜の腰を改めてアシュファルが両手で掴んだ。射精後のくたりとした凛の体を後ろから支え、体内へ根元まで収めた性器を激しく前後に抜き挿しする。

凛は、言葉も無いまま、がくがく揺すられていた。

腿まで湯の中に浸かって両手はジャグジーの縁に置き、頭を垂れた姿勢でアシュファルに後ろから犯されている。

ぱしゃぱしゃと湯が揺れる音が耳につき、体内を擦り上げる、じゅくじゅくという水音までが聞こえた。

繋がった後孔は、アシュファルの性器が挿り込むときに窄《すぼ》まり、引き抜かれるときには縁が捲《めく》れあがってピンク色の内壁を見せてしまっている。

達した後の性器は、柔らかくゆらゆらと突き上げられる動きに揺れた。

「ぁ……、ぁん…、……んんっ……」

その激しい突き上げの合間、気付かぬ間に凛の唇から甘い喘ぎがこぼれはじめていた。

「どうした……、気持が良くなってきたか……？」

後ろから犯すことを続けながら、アシュファルが揶揄するように甘く囁く。凛は、考えるよりも先に微かに頷いていた。

「いい……、きもち…、いい……」

自分の言葉が信じられない。そう思うのに、体はアシュファルの性器に突き上げられながら、快感に震えはじめていた。

萎えていた性器も、僅かに形を変えて揺れている。

アシュファルが、満足そうな吐息をつくのが聞こえる。

「もっと気持ち良くしてやろう……」

「――あっ！　ああっ、んっ、んんっ!!」

萎えることを知らないかのようなアシュファルの性器が、凛の体内でさらにぐんと力を増して形を変える。

凛は、永遠に終わらないような攻めに身を任せ、激しい快楽の悲鳴を上げ続けた。

# 8

「――凛様…、凛様……」

どこか遠くで、聞き覚えのある声が自分の名を呼んでいる。

凛はだるくてたまらない体を少しずつ動かそうとした。指の先から力を込め、ほんの数ミリシーツから浮き上がらせる。

うつ伏せで倒れ込むようにして眠っていた姿勢で両手を突っ張り、膝に力を入れて起き上がろうとしたとたん、ずきんと腰の奥に痛みが走った。

「いッ……！　ぅ……」

「大丈夫ですか、凛様。お怪我はありませんか」

今度は、やけに近くで声がする。

凛は、裸の体の上にシーツを僅かばかりまとっただけという姿で顔を声の方向へ向ける。足首に巻かれたダイヤのアンクレットが涼やかな音をたてた。

視界の先に、黒いガウンを羽織ったディスダーシャ姿の男が現れる。

すぐにはっとして身を起こした。

「あッ……！」

全身を鈍い痛みが貫く。それでも、凛はシーツを片手で引き寄せて、ダイヤのアンクレットだけを身に着けた裸の体を隠そうとした。

頬に赤く朱が上り、何かを言わなければと開いた唇が困惑の為に震える。

凛が意識を失うように眠り込んでいたベッドの横に立っていたのは、いつも通りに黒いガウンをまとっているカリムだったのだ。

カリムが、伏せた瞼の面差しを凛へと向けて、労《いた》わりが滲む淡い笑みを浮べる。

「お体、ご無理なさいませんよう。……凛様」

「あの、俺は……」

凛は、ばらばらになりそうなほど痛む体を両手で抱きながら、混乱する思考をまとめようとする。

頭の芯がずきんと痛んだが、眉を顰めて片手を眉間にあてて、ぎゅっと唇を噛んだ。

覚えているのは、美しい砂漠を望むジャグジーで、アシュファルに後ろから犯されるようにして抱かれたことだ。

体を繋げられて、散々突き上げられ、凛が果てた後もアシュファルの攻めは続いた。

そして、喘ぎ疲れて朦朧としはじめた凛の中へアシュファルが精を放ち、腹の中がじわりと熱くなったのを感じたところで、意識が途切れた気がする。

その後、部屋に運ばれてベッドに寝かされていたらしい。

無意識にあたりを見回し、カリム以外の人影が無いことに落胆する。

そして、落胆した自分に愕然《がくぜん》とした。

アシュファルを探してしまう、この気持ちは何だ。

一人きりで置き去りにされて、寂しいような気持ちになる、これは何なんだ。

凛は、ベッドの上に座り込んだまま、ぎゅっと強くシーツを掴む。

相手に置き去りにされ、性行為の跡が生々しく残る体をカリムの目に晒すことになったのも辛い。

「あ……でも、見えてないのか……」

意識しないまま、言葉が口端に上る。すぐにはっとして唇を押さえ、上目でベッドの傍らに立つカリムを覗き見た。

「ごめん、俺、失礼なこと言って……」

口籠る凛に、カリムが淡い笑みの気配を残したまま緩く首を振った。

「気になさらないで下さい。私こそ、このような場所に入り込む無礼を承知で、凛様にお声を掛けさせて頂いたのですから。――お辛かったでしょう、アシュファル様に抱かれている最中、何度も辛そうな声を上げていらっしゃった」

「えっ……」

カリムの痛ましそうな表情の理由がわかった。

凛は、顔から血の気が一気に引いていくのを感じる。

アシュファルは、ここにカリムはいないと言った。だから存分に声を上げろなどと言ったのに、本当はカリムを呼び寄せていたのだろうか。

カリムはアシュファルに常に同行するのが役目なのだ。王族は、私的な時間であろうと常に身辺に気を配り安全を確保しなくてはいけない。

それはわかっている。

けれど、アシュファル本人の口から、「声を出しても聴く者はいない」と告げられていたというのに――。

「なんで……」

アシュファルの本意がわからず、呆然と口を噤む凛の前でカリムが床に膝をつく。

ディスダーシャの上に羽織っている黒いガウンを静かに脱ぎ、手元で軽く畳んで凛の前に置いた。

アンクレットを足首に巻かれただけの裸体を、シーツで辛うじて隠している凛は、ベッドの上に置かれた黒いガウンと、膝をついてこちらに瞼を閉ざしたままの面差しを向けるカリムを交互に見る。

なに……、と、吐息だけで聞いた。

カリムが、安心させようとでもするように淡く微笑んで黒いガウンを凛の膝近くへ置き直す。

「私のもので申し訳ありませんが、何かお召しになったほうがいいでしょう。凛様のお召しものは、アシュファル様が部屋を出られるとき、ホテルスタッフに言いつけて処分させてしまいました。この部屋に、凛様の着るものはございません。——ですが、これを着れば部屋の外へ……ホテルから出られます」

「え……？」

外、という言葉が凛の胸に響く。

意識しないまま、手が伸びてベッドの上のガウンを掴んだ。ひんやりとした生地を、ぎゅっと力を入れて掴む。

「これを着て、外へ……」

感情の籠らない声で呟くと、カリムが静かに頷いた。

「凛様は、日本からいらっしゃった一般の観光客で、この国の伝説……サラフェルとは無関係なことは存じております」

「それは、俺も何度もアシュファルに言っていて。でも、ぜんぜん聞き入れてもらえなくて……」

言いかけた凛の言葉に、カリムは痛ましそうな表情を浮かべた。

ベッドの横に膝をついた姿勢から立ち上がり、促すようにウッドデッキが広がるテラスへ続く窓へと顔を向ける。

「聞き入れないのではありません。……全部、最初からアシュファル様が計画したこと。国外からやってきた観光客を、伝説通りの日に砂漠を彷徨わせ、さも偶然のように明け方に出会う――。凛様、あなたはこの国に入国したときから、砂漠の天使たるサラフェル出現の条件に合うよう、アシュファル様に仕組まれていたのです」

「え……?」

そう言ったきり、次の言葉が出てこない。

カリムは、さあ、と促す声を掛けてテラスのほうへと歩き出した。

凛は、ベッドの上に座り込んだままでその姿を追う。ライトアップされたウッドデッキの向こうに広がる砂漠が、うっすらと白っぽい光を帯びはじめている。

もうすぐ朝だということは、砂漠をランドクルーザーで駆け回るデザートツアーに参加したときに見た光景でわかっていた。

凛は、震える指で黒いガウンを膝の上に引き上げる。こくん、と喉を鳴らして大きく息をついた。

「最初から……、アシュファルが全部仕組んでいたっていうのか……？　でも、なんで……」

凛の問いは、カリムがテラスへの窓を引き開けたと同時に吹き込んできた風の音に霞《かす》む。

早朝のひんやりと乾いた空気は、空調が完璧に効いている室内から自由な砂漠へと誘うかのようだ。

カリムが、ガラス窓に手をあてて振り返る。いつも伏せられていた瞼が、微かに震えながら開いた。

「あ……」

その瞳は、アシュファルや姉のマリアムと全く同じ、美しい翠色をしていた。

褐色の肌に褐色の瞳が一番多いこの国で、こんなに美しい翠色の瞳を持つ人間はそう多くないだろう。

カリムが、翠色の瞳を凛に向けて薄く微笑んだ。

「私の眼は、薄明かりにしか耐えられません。今のあなたの姿は、ぼんやりとした影のようにしか見えない。けれど、この瞳はアシュファル様……我が弟でもある、アシュファルと同じ血を引く証なのですよ」

「弟……!?」

その瞬間、凛の頭の中にこのホテルへ着く前、アシュファルの運転する車で、不審な車に追われたことを思い出した。

その不審車を、急な車線変更をして自ら事故を起こさせたときに、アシュファルが呟いた言葉……同属というのは、まさか……。

凛の沈黙をどう受け取ったのか、カリムが再び眼を伏せる。顔を夜が明けつつある砂漠へと向け、その彼方の方向を指差した。

「そろそろ、私の眼ではものを見ることが出来ない強い日差しが降る。一緒に逃げるのならば、私の仲間がサポートします。——ここで、砂漠の天使サラフェルと崇められながら、その実、アシュファルの慰み者として。そして、生れ落ちたときから伝説と共にある王子が新王となるとき、その添えものとなる作られた天使としての片棒を担ぐおつもりならば、このまま滞在なさればいい」

「……俺は、天使なんかじゃない」

呟いた凛の言葉に、カリムがうっすらと笑った。深く頷いて、さらに大きく窓を開け放つ。

音をたてて部屋に流れ込んできた砂漠の風が、ベッドの上のシーツの端を床に落とした。

凛は、握り締めていた黒いガウンを開いて腕を通す。前ボタンを留めるのももどかしくベッドを下りた。

裸足の足首で、ダイヤのアンクレットが眩しく瞬く。

凛は、そのまま窓の外に広がる砂漠へと向かい歩き出した。


夜の冷気を残す早朝の冷たい砂を踏み、凛はカリムと共に砂漠を急ぎ足で歩いていた。

ダイヤのアンクレットを身に着けただけの裸体にガウンをまとった頼りない姿であることも、カリムが時折、方向を確認するかのように伏せていた眼を上げて、次第に明るくなる光に辛そうな顔をすることも、どこか別世界の出来事のような気がする。

強制されたのではなく、自分で選択してホテルの部屋から出てきたというのに、これでよかったのだろうかと思う気持が込み上げてきた。

カリムが言っていた言葉を全部信じていいのかわからない。

けれど、伝説通りに砂漠に現れた天使という非現実的な話よりも、作為的に作った天使役をあてがわれたというほうがよほど理解できる。

外国人観光客で、一人旅で、計画を遂行する日に砂漠ツアーに出ている者。その条件にあてはまっただけの不運な観光客。それが自分だ。

アシュファルは、最初から騙すつもりで「伝説通りの日に現れた砂漠の天使、サラフェル」なのだと言い放ち、伝説に真実味を持たせる為に抱くような真似をしたのか。

——何故、そこまでしなければならないのか。

その思いで凛の思考はいっぱいになる。カリムが歩きながら語り聞かせる、今までの話の中に何かヒントはないかと、乱れそうになる思考を繋ぎ止めながら一つ一つ頷いた。

カリムは、アシュファルとマリアムの姉弟と、同じ父を持つハーレム育ちの自分達……大勢の子供達のことを語った。

アシュファルとマリアムの母は、ヨーロッパの小国の王女という身分を持つ正妻だ。それに対し、ハーレムに囲われていた女達は身分の低い生まれの者ばかりだった。

彼女達は手厚く保護され、その子供達も十分な教育を与えられたが、ハーレムの子供達と正妻の子には、決定的な違いがあった。

将来の身分だ。

次の王となるのは、正妻が生んだ男子であるアシュファル一人。他の数多いるハーレム生まれの子供達には、何の権利もない。

アシュファルは、生れ落ちた日に月光虹がたつという伝説を体現し、今現在も、何不自由なく次期王としての役職をこなしている。

それなのに、完璧な自分の出生も伝説も持っていてなお、新たな伝説を体現しようとした。一万と一日目に砂漠で出会う天使、サラフェルを自らの手で作り出そうとしたのだ。

その犠牲者となったのが、凛なのだという。

国民を天使に仕立て上げると、どこで素性が割れるかわからない。それを回避するために国外からやってきた旅行者を使うことが計画された。

伝説通りの日に自発的に砂漠に滞在するツアーに参加している者を調べ上げ、ツアーを主催する代理店に手を回して、わざと砂漠の中に置き去りにさせたというのだ。

結果、一晩砂漠を彷徨わせることになるから、ターゲットは体力のある若い男性。

友人や家族がすぐに騒ぎ出さない、一人で入国した旅行者。

そんな風に条件をあげていって、最終的に残ったのが凛だった。

凛がのんびり砂漠ツアーを楽しんでいる頃、凛を『天使』に仕立て上げる計画が進行していたのだ。

「……なんで、アシュファルみたいな完璧な血筋と生まれながらの伝説を持ってる人が、『天使』なんて曖昧なものを作ってまで手に入れようとしたんですか」

足首に巻かれたダイヤのアンクレットまでもが砂まみれになるほど歩きにくい砂を踏み締め、前ボタンをきちんと留めたガウンの胸元を押さえながらカリムを見る。

カリムが、眉根を寄せた表情で力なく首を振った。

「次期王として付加価値をつける為でしょう。わが国の民は、神話や伝説を重んじている。生まれながらに神話を体現した王子ならば、即位前にも神話を体現していてしかるべきだ。……だが、その為に一般の観光客を巻き込むのはおかしい。他者を犠牲にしなければ成り立たない王制などおかしいのです」

カリムが、次第に強くなる日の光を片手で遮りながら憤りが滲む声で言う。瞼を伏せていても強い光は瞳に届くらしい。時折、表情が辛そうに歪んだ。

凛は、どうすることも出来ずにカリムを見つめる。借りた黒いガウンの胸元をぎゅっと強く押さえた。

ガウンは襟元が詰ったデザインなので、ボタンさえ全部掛けていれば裸体が見えることは無い。しかし、下着すら着けていないということがどうにも心許《こころもと》ない。

そのときふと、カリムが常に黒いガウンをディスダーシャの上に着ていたのは、王の血筋を引く者としての矜持《きょうじ》だったのだろうかと思った。

王族が儀式の時に身に着けるきらびやかなガウンではなく、地味な黒一色のガウンではあるが、アシュファルの下で働く他のスタッフ達と同じではないという、無言の主張だったのではないだろうか。

それに、アシュファルと一緒にホテルに着いたとき、垣間見た人影は――。

「カリムさんは、いつからあのホテルに来ていたんですか」

「昨日からです。私の役目は、次期王の身の安全をこの聡い耳で聴き取ることのみ。……それが、私が引き継いだ尊い血の代償ですので」

微かに揶揄する響きの混じるカリムの声音に、凛の胸の中がざわりと騒いだ。

アシュファルのスタッフとしてついてくるのに、先にホテルに到着するものなのだろうか。

アシュファルは、ホテルに移動する為に最初は車、次にはヘリコプターを使った。

ヘリコプターは、事情が変ったから使うと言っていた。

最初は空路を考えていなかったということだ。

陸路と空路ならば、圧倒的に空路のほうが到着が早い。

突発的に空路を使ったアシュファルよりも先に、従者であるカリムがホテルに到着しているのはおかしいのではないだろうか。

そこまで考えたところで、凛は思考が隙間に入り込んでしまったような圧迫感を感じた。信じられないような規模でさまざまな事業が進行している国のことだ。もっと考えも及ばない移動手段があるのかもしれない。

凛は疲れたような吐息をついて、砂漠の先に広がる大小の砂山の数々を見た。

遠くから眺めているときは平坦に見える砂漠は、近付くと大小さまざまな山が連なって全体が形作られている。

砂漠の砂は全て風で流されて、風と共に形を変えるのだ。

砂を踏む自分の爪先を見ていた視線を上げ、もうどのくらい歩いたのだろうと振り返る。

なだらかな丘陵の向こうに、ホテルの建物のアースカラーの色合いがちらりと見えて、思わず落胆の溜息をついた。

歩きにくい砂をずいぶん歩いたと思っていたのに、直線距離にするとそれほど遠くまで進んでいない。

隣を歩くカリムの足取りは重い。瞼裏《まなうら》で感じる直射日光がよほど辛いようだ。

凛が振り返って位置を確認したことは、衣擦れの音でわかったのだろう。カリムが、目の上に庇《ひさし》のようにかざした手で額に滲む汗を拭いながら、凛のほうに顔を向けた。

「焦らなくても大丈夫です。この方向に進めば、仲間が車でピックアップしてくれることになっています」

「あの……カリムさんの仲間ってさ……」

聞いていいのか悪いのか判断出来ず、歯切れの悪い問いになってしまう。カリムが、凛に小さく頷いて笑みを見せた。

「この国の王制を批判する仲間です。血筋や身分に縛られない国家を築くことに賛同する仲間。……人は全て自由であるべきなのです。国民も、観光客としてここに来た、凛様も」

その言葉に、凛は軽く唇を噛む。

確かにその通りだ。出生や身分で、それからの人生を全て決められてしまうのはおかしい。自由に旅行に来ただけなのに、身に覚えのない身分を押しつけられて閉じ込められるも、ありえないことだ。

カリムが言っていることは正しいと思う。なのに、凛の胸の奥底で、小さく反論する声が聞こえる。

アシュファルは、その高貴な出生に見合うだけの責任をこなしているのではないのか。まるで神であるかのように、国の中に新たな島まで造り上げ、昼夜を問わず働きづめで国家に尽くしているのではないだろうか。

そう思うのと同時に、アシュファルと同じ瞳の色を持つ異母兄弟のカリムが、母の身分が低いという理由で王子としての身分すらない現実がある。

アシュファルに公私の区別なく日々ついて、彼の安全を護る為に音を聴くことに葛藤があるらしいのは彼の口ぶりでわかった。

同じ父を持っていても、一方は第一線で活躍する王子、もう一方はそれを影で支えるスタッフ。

どうして自分があちら側ではないのだと思ったことがあるだろう。

そのとき、隣を歩くカリムの姿が微かに揺れた。ぐらりと体が傾ぎ、バランスを崩したように砂の上に膝をつく。

凛ははっと顔を上げ、慌ててカリムに手を差し出した。しかし、カリムは既に砂の上に両手をつき、顔を伏せて苦しげに肩で息をしていた。

「カリムさん、少し休みましょう。具合が悪いのに無理しちゃダメです」

そう言って首をめぐらせ、日陰になりそうな場所を探す。

しかし、あたりにあるのは緩やかな砂山ばかりで、枯れた木の一本すらない。

カリムが、膝をついて俯いたまま、緩く首を振った。

「いえ、いけません……。ここで時間を取るわけには……」

そう言うカリムの声に力が感じられない。俯いているのでよくわからないが、凛を安心させようと笑みを浮かべている気配がある。

凛は、ぎゅっと手のひらを握り締めて顔を上げた。

空には、今日も暑くなりそうな太陽が昇りはじめたところだ。あたりに見えるのは、砂と遠くにホテルのアースカラーだけだ。

人工的な音は一切聞こえず、砂を渡る風の音が響く。

「ここで待っていてください、人を呼んできます！」

宣言するように言い、凛はホテルの方向へ向かって駆け出した。そのとたん、砂を踏む足元がぐらりと傾ぐ。

あっ、と声を上げて踏み止まろうとしたが、無意味に手が空を切るばかりで砂の上に無残に倒れこんだ。

「っ……！」

開いていた口や鼻に砂が入り込み、砂の上にしゃがみ込んだままで激しくむせ返る。

反射的に両手で顔を覆い、手についていた砂をさらに被った。

「なにしてんだよ、俺…っ……」

むせて苦しい息の下、口の中で呟きながらなんとか顔を上げる。目にまで入り込んだ砂の為に涙が浮かび、視界はぼんやりと霞んで見えた。

「――カリム…さん……？」

砂の上に座り込んでいる凛の目の前で、カリムが苦しさを堪えるかのようにふらつきながら立ち上がる。

よかった、治ったんだと反射的に思った。

「何処へ行かれる気だったのですか、凛様」

しゃがみ込んでいる凛を見下ろし……いや、瞼を伏せている顔を凛の方へ向け、辛さを堪えるように眉間に皺を刻んだ表情でカリムが問う。

押し殺したような声に、いつもの理性的な響きが無い。

凛は、ガウンの胸元を掴むことで咳を堪え、訝しげに眉を寄せてカリムを見た。

咳のしすぎで涙が滲み、真っ青な空を背にしたカリムの表情までもが歪んでいる。

「勝手に行動しないでいただけますか、凛様」

カリムの苦しげな声が砂漠の風に乗る。

手探りでディスダーシャの腰のポケットに片手を差し入れ、何か小さなものを取り出した。

黒く、硬質に光を弾くものが見えた。

「……え…っ……」

凛は、砂の上に座り込んだまま言葉を失う。

カリムの手の中にあるものは、玩具のように小さな銃だったのだ。

しかし、それが玩具でないことは、カリムの表情を見ればわかる。伏せていた瞼をごく薄く開き、凛を感情の窺えない翠色の瞳で見据えた。

銃を握った手を静かに上げて、凛の額に銃口を向ける。

「カリム…さん……？」

凛はまだ自分の状況が完全に理解しきれていない。小振りの銃を突きつけられながらも、これは何かの間違いなのではないかと思う。

砂の上にしゃがんでいる姿勢から立ち上がろうとしたとき、銃がカチリと小さな音をたてた。

その無機質な音に、凛の頬からさっと血の気が下がる。反射的に体を硬くし、目だけを動かしてカリムを見つめた。

カリムは、表情を変えないまま凛の額にさらに銃口を近付ける。苦しさを堪えているのがありありとわかる苦い笑みを浮かべた。

「私の体調を心配してくださるのは有難いのですが……。今、ホテルに戻られたら何もかもおしまいなのですよ。私は、次期王たるアシュファルに仕えている身。勝手にサラフェルを砂漠に連れ出したと知られれば、無事に済むことは無い」

「でも……」

何か言わなければと唇を開くと、カリムが眉根を不快そうに歪める。銃口を、凛の額にぴたりと押しつけた。

ひやりとした金属の質感が、凛の口を閉ざさせる。

生理的な恐怖で全身が強張り、指先一つ動かすことが出来ない。

「――どうして…っ……」

「どうして……？」

押し殺した凛の声に、カリムは冷笑を浮かべた表情で問いを返した。

「あなたを助けて差し上げようとしている、私の苦労がどうしておわかりにならない？　ホテルに戻れば、作られた天使という偽りの身を利用されるだけなのですよ。――私と共に、ここにいて下さい。本当は、もっとホテルから離れた場所で仲間のピックアップを待ちたかったのですが……」

言葉遣いだけは丁寧なものの、意に反することをしたら何をするかわからないという、本気の覚悟がカリムの声に滲んでいる。

凛は、額に押しつけられている銃の冷たさに全身を強張らせながら唇を噛んだ。

「俺を利用しようとしているのは、あなたも一緒ってことじゃないか…っ……」

震えながら呟く凛の言葉に、カリムは淡い笑みを浮かべた。

「私はあなたを騙してはいませんよ。国外の人間を使い、偽りの伝説の完成をアシュファルが計画したのは事実だ。……アシュファルは、せっかく見出した伝説の天使を砂漠で失うのです。もう、国民の一部にはアシュファルが砂漠の天使を手に入れたという情報が流れている。ここで、あなたさえ姿を消せば………」

そう言いかけたところで、カリムが言葉を切る。

何、と問う視線を上げると、どこか遠くで車のエンジン音が響くのが聞こえた。四輪駆動の車で砂の上を駆ける、独特の力強い音だ。

「迎えが来たようです、行きましょう」

カリムが、薄い笑みを浮かべて凛を促す。しかし、その手には小型の銃が握られているままだ。

凛は、砂の上に座り込んだ姿勢でカリムを睨み上げた。

「利用するだけだとしても、アシュファルは俺に銃なんか突きつけなかった…っ！」

「それはあなたが従順だったからですよ。与えられる快楽に易々と負けて、アシュファルの言いなりになっていたことは知っています」

揶揄する言葉に、かっと頬が赤くなる。

何か言わなければと唇だけは動くのに、何も言葉が出てこない。

――快楽に負けたのは、事実だ。

はじめて与えられる、蕩けるような快楽に溺れてアシュファルの腕の中で声を上げたのは事実だ。

しかし、そんな自分にアシュファルはこの国で働いて暮らしていくことを真摯《しんし》な態度で提案したのではなかったか？

今現在、進行させているプロジェクトを見せ、スタッフとして働かないかと誘ってくれた。

あの言葉に嘘はなかった気がする。

伝説の天使、伝説のサラフェルと言っていたのは、最初から計画されていたことだとしても、アシュファルの言葉の全てを嘘だとは思いたくない。

そのとき、砂漠の向こうにちらりと光が瞬いた。

強い日の光を弾く、銀色の車体が見える。

近付いてくるランドクルーザーを見ながら、凛はこくんと息をのんだ。

カリムは、車のエンジン音だけで位置を把握しているようだ。車の方に顔を向けることはせず、凛に銃を突きつけたまま静かな表情を浮かべている。

次の瞬間、カリムがはっと表情を強張らせた。

「この音は……、違う…っ」

何かに気を取られたかのように、銃口が凛の額から外れる。

凛の体が考えるより先に動く。両手で砂をすくい、カリムめがけて投げつけた。

「……ッ！」

ばっと一面に砂が舞う。

とっさに顔を背《そむ》けたカリムの銃口が凛から外れた。

凛は、それを見逃さずに立ち上がり、全力でホテルの方向目掛けて駆け出す。

待ちなさい、というカリムの声が、激しく耳元をかすめる砂漠の風と共に聞こえる。

足元の砂は乾いていて、裸足の足で踏む側からさらりと流れて駆けるスピードを遅くさせた。

——逃げなければ。

理屈ではない、激しい感情が凛を急かす。

アシュファルの言葉が正しいのか、カリムの言葉が正しいのか、凛にはわからない。

けれど、アシュファルは銃を向けて脅すことなどしなかった。

そのとき、発砲音と同時に足元の砂が弾けた。

ひゅっと、恐怖で喉奥が鳴る。

続けざまに二発、凛の足元で砂が弾ける。

撃たれる!?

銃口を突きつけられたときから予想出来たことなのに、凛は恐怖のあまり手足の先が冷たくなる。

あっ、と、思った時には足がもつれ、砂の上に倒れ込むように転んでしまう。

必死で半身を起こし、振り返った凛は、こちらにまっすぐに銃を向けているカリムの姿を見た。

伏せていた瞼を上げ、翠の瞳で射るようにこちらを見ている。

離れているのに、その手元がはっきりと見える気がして、凛は砂の上に倒れたまま、こくんと喉を鳴らした。

引き金に掛けられているカリムの指に力がこもる。ぼんやりとした形しかわからないと言っていた翠色の瞳が細まり、狙いを定める。

もうダメだ……っ!

その瞬間、ひときわ大きな銃声が響いた。

——風の音と、近付いてくる車のエンジン音がする。

凛は、ぎゅっと閉じていた目を恐る恐る開いた。

撃たれていない、どこも痛くない。

倒れ伏したままの全身を見下ろし、ほっと息をつくのと同時に、こちらに銃口を向けていたはずのカリムを見た。

砂の上に立っているカリムの体がぐらりと揺れる。あっ、と思ったときには、がくりと膝を折って砂の上に座り込んでいた。

いったい何がどうなっているのか。

混乱する凛の耳に、こちらに近付いてくるランドクルーザーのエンジン音が大きく響いた。

逃げなくてはと反射的に思うが、混乱の極《きわ》みであるせいか体が思うように動かない。ようやく立ち上がり、砂丘の向こうから近付いてくる車体を見つめた。

「……え…」

フロントガラス越しに見える、ディスダーシャを身に着けた姿に見覚えがある。

白い被り布の下から覗く、プラチナ色の髪と美しい翠色の瞳も。

「アシュファル……？」

信じられない思いで、その名を呼ぶ。一歩、二歩、と、車のほうへ歩き出し、すぐに砂に足を取られて転んでしまった。

髪や顔に降りかかる砂を払いながら、なんとか身を起こして座り込む。両手を砂についてどんどん近くなる車体を凝視した。

タイヤが砂を飛ばす音をたてて車が停まる。重いドアの開閉音と共に、砂の上に降り立った人を、凛は息を止めて見つめた。

「アシュファル…っ……！」

声は砂漠を渡る強い風に飛ばされる。それでもアシュファルの耳に届いたらしい。アシュファルが、風をはらむディスダーシャの裾を捌いて凛へと駆け寄った。

怖いほど真剣な表情に、凛は自分が何をしたのか思い出す。

黙ってホテルを抜け出し、カリムに銃を向けられた。

そうだ、カリムは……。

凛は、少し離れた場所に座り込んでいるカリムへ視線を向ける。その瞬間、近付いてきたアシュファルに乱暴に抱き起こされ、腕を支えて向かい合わせになるよう立ち上がらされた。

アシュファルの翠色の瞳が、無事を確かめるかのように凛の体を見下す。

凛は、はっとして自分の姿を改めて見た。

裸の上に羽織っていたガウンの前あわせが肌蹴て胸元が覗いて太股まで見えている。

何度も転んだせいで裸足は砂にまみれ、そこに巻かれたダイヤのアンクレットも砂で汚れていた。

慌ててガウンのあわせを掴んだ凛の手の上に、アシュファルの褐色の手が重なる。砂漠を渡る風のように乾いた大きな手は、泣きたくなるほど温かかった。

「アシュファル……」

目を上げて恐る恐る名を呼ぶと、アシュファルの美しい翠色の瞳が甘やかに笑み細まった。

そのとたん、ぎゅっと凛の胸が痛む。

両手でガウンの胸元と裾を押さえて俯いた。

「ごめん、俺……っ」

「今は、何も言うな」

低く響く声と共に、自らの体で凛を守るかのように抱き寄せて体の後ろへと回す。

凛は、アシュファルの大きな背中に庇われて、その向こうに膝をついているカリムの姿を見た。

俯いているカリムの顔は見えず、どんな表情を浮べているのかわからない。

そのときになってはじめて、凛はカリムの二の腕のあたりに血らしいものが滲んでいることに気付いた。真っ白なディスダーシャの袖が赤黒く染まっている。

「カリムさん、怪我を……」

呟いた凛の声が、驚愕の吐息と共に止まる。

目の前に立つアシュファルの手に、カリムのものよりも数段大きい拳銃があったからだ。映画やドラマでしか見たことのない銃は、漆黒で冷たく輝き、否応無しに凛に現実を突きつけた。

アシュファルは、車を運転しながらカリムを撃ったのだ。

凛に小型の銃を突きつけていたカリムに気付き、カリムが引き金を引く前に撃った。

――アシュファルは、いったい何を知っているんだ……。

こくんと喉を鳴らした凛は、たじろぐ気持に引きずられてアシュファルの背中から僅かに距離を取る。

それに気付いたかのように、アシュファルが後ろに手を回して凛の腰を抱いた。ぐっと自らの背中に凛の体を押しつけさせる。

凛は、ディスダーシャのすべらかな感触を頰に感じ、息を殺して唇を噛んだ。

どくん、どくん、と、アシュファルの鼓動が背に押しつけた耳に届く。

アシュファルが、静かな声で「カリム」と呼んだ。

「……凛を連れ出しても、お前の仲間は来ない。今頃は車ごと私の手のものに包囲されているはずだ。――お前はどうする」

問う声は静かで、感情の揺れがない。

カリムが、伏せていた顔を上げてアシュファルを見据えた。普段は閉ざされている、アシュファルと同じ翠色の瞳に嘲笑が浮かぶ。

「私の行動は全て読んでいたということですか……。長年、あなたの忠実な部下として信用を築いたと思っていたのに、存外、上手くいっていなかったようだ」

「そんなことはない。……私は、信じたいと常に思っていた。同じ血を受け継いだ肉親として」

アシュファルの言葉が砂漠を渡る風に乗る。

カリムが驚いた表情を浮べて目を伏せた。翠の瞳が見えなくなれば、普段通りの落ち着いた従者にしか見えない。

彼の内面など、他人には全て見ることなど出来ないのだ。

血の滲んだ腕を片手で押さえながら立ち上がったカリムが、いつもと変わらない薄い笑みを浮べた。

「では、私も私の仲間達のようにあなたの処分を受けましょう。……それとも、その銃で撃ち殺しますか？」

悲壮感など全くない、歌うような声音で言う。

凛は、アシュファルの背中に隠れたまま、彼のディスダーシャの生地を強く掴んだ。

アシュファルが、僅かに振り返って凛の不安そうな表情を見る。口元に、少し諦めたような笑みが浮かんでいた。

改めてカリムに向き直ると、銃を持った手を軽く掲げる。

あっ、と、思った凜の目の前で銃をディスダーシャの腰のポケットに滑り込ませ、その代わりに銀色のキーを取り出した。

それを、カリムの前へ放り投げる。

小さな音をたてて砂の上に落ちたキーの方に瞼を閉ざした面差しを向けたカリムが、眉を顰めてアシュファルを見た。

アシュファルは、声に出さずに小さく頷く。

「その腕でも運転は出来るだろう。私の車で、どこへでも行くがいい」

「アシュファル…?」

凜は、思いがけないことを言うアシュファルの背中に声を掛ける。カリムも、信じられない、という表情を浮べた。

そしてゆっくりと身を屈めて砂の上からキーを取り上げ、後方に停めてあるランドクルーザーを振り返る。苦い笑みを浮べて、瞼を伏せた顔をアシュファルに向けた。

「施《ほどこ》しのつもりか。……この車を私に渡して、今ここであなた達二人を轢《ひ》き殺そうとするとは思わないのか」

挑戦的とも取れるカリムの言葉に、アシュファルは静かに首を振った。

「その程度のことで私を亡き者にするのならば、今まで何度もチャンスはあったはずだ。お前の目的は私を殺めることではない。……そうだろう？」

アシュファルの問いに、カリムが静かに笑う。手のひらの中に握り締めていたキーを、怪我をしている右手に持ち替えると、さらりとディスダーシャの裾を翻《ひるがえ》して踵《きびす》を返した。

もう、後ろには何の未練もない足取りで乱暴に停められているランドクルーザーに向かう。開け放したままの扉を潜って車高の高い運転席に座ると、キーを差し込んでエンジンを掛けた。

風の中に混じるエンジン音がひときわ大きくなる。

急発進の勢いで砂が大量に舞い上がり、カリムの乗ったランドクルーザーはアシュファルと凛の元から走り出していった。

「……カリムさん……」

どんどん遠くなる車体を見つめながら、凛はアシュファルのディスダーシャの背を掴む。

アシュファルが、凛の肩に改めて手を回し、隣に引き寄せた。

「カリムの眼では、この陽射しの中を運転をするのは辛いはず。……しかし、行けるところまで一人で行くだろう。あいつは強い男だから」

「ん……」

凛は小さく頷き、ランドクルーザーが砂の上に残していった轍を風が掻き消すのを見つめる。

肩を抱くアシュファルの腕の力が強まった。

何、という風に顔を上げると、アシュファルもカリムが去った方向を見ていることに気付く。

アシュファルが、凛に視線を向けぬまま小さな吐息をついた。

「先に、謝罪しておく。お前を利用したこと……おまえの了解を得ず、盗聴器と発信機を身に着けさせたことに」

「――え…？　盗聴器と発信機……！」

言葉の意味が頭の中で形にならず、凛は言われたままを繰り返す。アシュファルが、凛の肩を抱いて誘うように歩き出した。

やっとその言葉の意味がわかり、ええっ、と、子供のような声を上げてしまう。

「盗聴器と発信機って、スパイ映画で出るような!?　そんなの、いつの間に…っ。俺、ずっと裸で……」

「足首」

アシュファルが短い言葉で返す。

凛は、慌てて自分の足元を見た。

砂にまみれた足首に、それでも鋭い光を放つ大きなダイヤモンドが等間隔に並んだアンクレットがあった。

ホテルでアシュファルに抱かれたときに着けられたものだ。

アシュファルが、凜に視線を向けて薄く微笑んだ。

「話は全部聞かせてもらっている。――カリムの言葉に嘘は無い。私は最初からおまえを利用すべく利用した。……新たな伝説を非合法な手段を使ってでも得ようとしている王子。そして、おまえはその犠牲者。こうすることで、私に不満を持っている一派に最終的な行動を起こさせようとした」

「そんな…っ……」

本人の口から聞かされる真実に、凜は口籠ることしか出来ない。

カリムの口から聞いたときもショックだった。しかし、今はその比ではない。胸の奥底がきりきりと痛み、肺の中に砂が入り込んだような息苦しさに襲われる。

砂にまみれたダイヤのアンクレットが重しのついた足枷《あしかせ》のようだ。

萎えかけた凜の体を、アシュファルが引き立てるかのように支える。歩みを進める足は止めずに軽く息をついた。

「計画は成功した……。私に不満を持つ一派は捕えられ、カリムは密かに姿を消すだろう。

――しかし、計画通りにならなかったことが一つだけある」

凛は、問う視線をアシュファルに向けた。

白い被り布から覗くプラチナ色の髪と美しい翠色の瞳を持つ王子の端正な横顔をまっすぐに見つめる。

アシュファルが、凛の視線を受け止めて薄く微笑んだ。

「私が作り上げた砂漠の天使、サラフェルに惹かれてしまったことだ。視線を逸らすこともせず私を見る漆黒の瞳も、この私と対等に話をしようとくってかかる気性も、馬鹿げているほど正直で、それ故に穢《けが》れの無い魂も」

「えっ……」

挙げられている言葉が、自分に対してのものであるとは信じられない。しかし、王子であるアシュファルにこんな風に接したのは確かに自分だけだったのかもしれない。

「……それに、拒絶しながらも快楽に負けて蕩けゆく、甘やかで極上な体も」

「やっ……アシュファルっ！」

突然、抱かれているときのことを言葉にされてしまい、凛は頬を真っ赤にしてアシュファルの体を両手でついた。

アシュファルが、珍しく声を上げて快活に笑う。凛も、なんだか可笑しくなってしまい、肩を揺らして笑いはじめた。

実際、笑い飛ばすようなことなのだ。外国人観光客を利用して、政治的に敵対する一派を一《いち》網打尽《もうだじん》にしようとする、そんな計画を立てる王子がどこにいるだろう。

「そっか…俺は、最初から騙されてて。それに気付かずに、怒ったり騒いだりしてたんだ……」

呟きながら足元に視線を落とし、砂で汚れたアンクレットを見つめる。こんな小さなアクセサリーの中に盗聴器と発信機を仕込み、会話や位置を確認して、証拠を掴んだところで駆けつけてきたのだ。

映画や物語のように、絶体絶命に陥《おちい》ったところに現れるヒーローなのではない。第一、出会いからして作為だった。

「俺も、計算違いだった。異国で妙なことに巻き込まれて、この先、どうなっちゃうんだろうって散々考えた時間を返せって感じ。――いいよ、惹かれたとか言ってくれなくて。アシュファルにとって俺は、単に計画の中の一つのコマだっただけだろ？　カリムさんに聴かれることを前提にして、サラフェルとしての俺を抱いたんだ」

淡々とした言葉で言うつもりだったのに、語尾が震えて掠れてしまう。

すっと一筋、頬を涙が滑り落ち、えっ、と息をのんだ。

泣くつもりなんて全くない。悲しいわけじゃない。

「……ただ、がっかりしてるだけなんだ……俺……」

苦いものを噛んだような、押し殺した声で言う。

凛は、ぐっと唇を噛み締め、頬を次々と流れ落ちる涙に気付かないふりをする。

アシュファルが、そんな凛を見下ろして、ふと視線を外した。凛の肩をさらに引き寄せて砂の上を歩む。

そうして、どのくらい歩いただろう。凛の涙が頬に跡だけ残して消えた頃、大きな砂丘のなだらかな傾斜を上りきったところで、アシュファルがすっと前方を指し示した。

「見なさい、凛。あれがこの国の原風景だ」

「え……？」

それまで俯いて、導かれるまま歩いていた凛は、アシュファルの言葉でようやく顔を上げる。

目の前に広がった、緑の椰子の林とその中心にある水を湛《たた》えたオアシスの瞬きに息をつめた。

「キレイ……」

砂漠の中に突然現れたオアシスは、ホテルで見た完璧に管理された生い茂る植物のような豪華さは無い。立ち並ぶ椰子も等間隔ではなく、下生えも生え揃っていない部分は砂の色が露出している。

それでも、そこには自然の力強さがあった。

空の青を映して静かに水を湛えるオアシスを囲み、その恵みを受けて生い茂る椰子。砂丘を越えた窪地にあるために、遠くからは見えずひっそりと砂漠の中で静寂を守る場所だ。

アシュファルが、凛の肩を抱き直してオアシスへ下る砂の上を歩き出す。椰子の林の中でも、一際緑濃い部分を指差した。

「あの下にコテージがある。この天然のオアシスの景観を壊さぬよう、一棟だけ建てさせた」

「建てさせたって……。もしかして、ここもアシュファルの持ち物なのか？」

手つかずの自然だと思い込んでいた凛は、僅かな落胆を感じて問いを向ける。アシュファルが、ああ、と頷いた。

「古の自然をそのままの姿で保つためには最新の技術が必要だ。自然のまま放置しておくだけでは荒れていずれ姿を変える」

「人間が開発を進めるから…？　アシュファルがしてたみたいに、凄い高さのビルを建てるとか、海の中に人工島を作るとか」

口端から嫌味のような言葉が溢れる。すぐに後悔したが、言った言葉は戻せない。

気まずい思いで眼を伏せた凛の横で、アシュファルは軽く笑った。

「大きな括《くく》りで言えばそうだろうな。古来から、自然のままのオアシスの寿命は短いと言われている。何十年も同じ場所で水の恵みを与え続けるわけではないんだ。地下水が尽きればオアシスが干上がり、恩恵を受けていた植物もなくなる。ここにオアシスがあると信じて旅していた昔の旅人は、枯れたオアシスを前にして息絶えたこともあっただろう」

「そう…なのか……」

思い描いていたこととは反対の事実に、返す言葉も無い。

凛は、アシュファルに肩を抱かれてオアシスの端まで砂丘を下りきった。砂の上を歩き続けた裸足の足裏に、下生えの草が柔らかくまとわりつく。

水を湛えるオアシスからは、こぽこぽと地下から湧き出ている水の音が聞こえた。すらりと立つ椰子の木は涼やかな木陰を地に投げ、乾ききっていた砂漠の風とは違う、湿り気を帯びた緑の香りが混じる風が吹き抜けている。

「――凛、惹かれたと言ったのは嘘じゃない。確かにお前と出会ったのは作為だ。しかし、その後の行為全てに感情が無かったと言い切れると思うか？」

唐突に、アシュファルが凛の肩を抱いたままで呟いた。

それは、凛が砂漠を歩いているときに言ったことへの返答だ。

凛は、思いがけず返ってきた言葉に、ぎゅっと唇を噛む。

「アシュファル…っ……！」

考えるより先に体が動いていた。

凛は、アシュファルの手を振り切って自分から長身のアシュファルにしがみつく。アシュファルの手が凛の背中を抱き、もう一方の手は頬に触れる。

壊れものを扱うかのように、そっと上を向かせられた。目の前で、宝石のように美しい翠色の瞳が煌く。

「最初は、どうせ計画に巻き込むだけなのだから、もっと従順な人間を選べばよかったと後悔したが……すぐにそんな思いは消え失せた」

「どうして……ん…っ……」

唇をあわせる合間に囁かれる言葉が吐息で消える。

情熱的に絡みつくアシュファルの舌先が凛の唇を割り、未だ慣れぬ行為に竦む凛の舌を絡め取った。

凛は、されるがままに口内を熱い舌先で弄られて体を震わせる。

アシュファルが、唇を僅かに離して微笑った。

「……どうした、はじめて男に抱かれるかのような顔をして。私の前で足を広げ、突き上げられて喘いでいたことなど無かったかのようだ」

「やっ……、そういうこと言うな…ッ……！」

頬を真っ赤にして呟いた凛の頬に、アシュファルの大きな手のひらが添えられる。砂で汚れ、涙の跡までついている赤い頬を愛しげに撫で、凛の目元に軽く唇を触れさせた。

反射的に目を閉じ、肩を竦めた凛の体をアシュファルが難なく抱き上げる。

何度かされた、脇の下と膝下に腕を差し入れる抱き方をされ、凛は緑濃いオアシスの方へと運ばれてゆく。

思わず、アシュファルの首に両腕を巻きつけて体を支えた凛は、膝下がアシュファルの歩みごとにゆらゆらと揺れるのを眺め、これからやってくるであろう時間を思い、赤い頬をますます赤くした。

凛の足首で、ダイヤのアンクレットがきらりと瞬く。

「——さて、どんな風に私の天使に仕置きを下そうか……。計画していたこととは言え、カリムの言葉で私を見限る決断をあれほど早くするとはな」

「ちょっ…待てよ！　それって絶対おかしい！　最初から騙すほうが悪いに決まってるだろっ」

ダイヤのアンクレットの煌《きらめ》く足首を振り上げ、凛はアシュファルの腹を蹴る。アシュファルが肩を揺らして笑い、そのせいで凛を抱く腕までもが震えた。

凛は、慌ててアシュファルにしがみつき直し、その首筋に頬を埋める。

抱かれたまま運ばれるオアシスの水辺に木々の陰が映り、静かな風が水面を揺らすのを見た。

そして、緑濃い木々の中にひっそりと建つコテージが見えてくる。

都市部で見た近代的な建築とも、砂漠の中のアースカラーのホテルとも違う、木々と緑に溶け込む木造の建物だ。

アシュファルが、その扉へと続く短い階段を上りはじめる。抱かれて運ばれる凛の体からは、ぱらぱらと砂漠の砂が舞い落ちた。

アシュファルが、肩で押すようにしてコテージの扉を開くと、中から木の清々しい香りと共に程よく冷えた空調の空気が外まで流れ出してきた。

# 9

外から見たときは、木造の素朴なコテージだと思ったが、中に一歩入れば、そこはアラブ風の装飾が際立つゴージャスな内装で目を奪われた。

アシュファルはまず、凛をバスルームへ連れていくと、砂にまみれた黒いガウンの前を乱暴に肌蹴させる。

ふと、気付いたように凛の裸の胸元を見下ろした。

「ガウンの下は裸だと知ってはいたが……」

含むように言葉を切り、凛の足首のダイヤのアンクレットに視線を落とす。

カリムとの会話を全て聞かれていたんだと思うのと同時に、凛は、急に不安になってディスダーシャ姿のアシュファルに身を寄せた。

爪先立ちになってプラチナ色の髪が掛かる耳元に唇を寄せ、「まさか、今も聞かれてるってことないよな？」と聞く。

アシュファルが、少し驚いた表情をして次に唇の端を上げて皮肉げに微笑んだ。

「この機材が集音したデータは私以外聞くことが出来ないシステムを組んでいる。……もちろん今も。そして、これからも」

「これからって……、まさか…っ」

その可能性に気付き、慌てて足首からアンクレットを外そうとした凛をアシュファルが抱き止める。

肌蹴させたガウンを全て取り去って床に投げ置くと、二つ並んだ大理石の洗面台に、金色のカランが並ぶゴージャスなパウダールームの奥に作りつけられているガラス製のシャワーブースへと凛を押し込んだ。

共にシャワーブースに入り、重そうな金色のシャワーヘッドを取る。カランを回して湯を迸らせて、凛の頭から程よい温度の湯を浴びせ掛けた。

「………ッ！」

抗議の声を上げようとしても、アシュファルの手は止まらず湯の勢いも止まない。アシュファルは、自らのディスダーシャが濡れることも構わずに、凛の体に湯を注ぐのだ。

髪の先から湯が滴り落ち、砂が張りついた肌を滑って足元に流れ落ちていく。白い大理石の床に、一筋の砂の跡がついた。

凛は、次第に体中の筋肉がほぐれてゆくのを感じた。

アシュファルの手は、優しく凛の髪をかき混ぜ、背中を撫でて腰に触れる。しかし、それより下に手を伸ばすことは無い。

性的な匂いのしない接触にほっとする反面、どこか奥のほうでじりじりともっと触れて欲しいと訴える声がすることに凛は目を瞑った。

――抱かれたいと思っている。

アシュファルの体温を感じ、圧しかかられて突き上げられたい。どうしようもなくなるほどの快楽に身を任せたい。

目を閉じて心地良い湯の温度と、アシュファルに優しく体を撫でられる安堵感に身を任せていた凛の性器に、偶然のようにアシュファルの手のひらが触れた。

びくっと体を揺らして腰を引くと、後ろから抱き込むようにアシュファルに体を羽交い絞めにされる。

とっさのことに怯える凛の体が強張ったのを愉しむかのように、アシュファルが後ろから凛を片腕で縛めたまま、シャワーの湯を凛の胸元に持っていった。

ちょうど、胸の先のあたりに強い水流がくるように位置を固定すると、漆黒の髪から湯を滴らせた凛の上気した耳朶に唇を寄せる。

「……どうした……？　洗ってやっているだけなのに、何故、お前の体はこんな風にすぐ反応するんだ？」

「やっ…、やだ…って……！」

凛は片目を閉じて背を撓らせ、少しでも強い水流から逃れようとする。しかし、アシュファルがそれを許すことはない。

凛のぷくりと尖った赤い胸先を湯で責め、疼きがどうにもならなくなった頃、もう一方の胸先へシャワーの湯をあてる。

そこにもじりじりとした刺激だけを与え、凛の体の熱をさらに上げさせた。

そして凛のウエストを支えていたアシュファルの手は、ゆっくりと下へと降りてゆく。

砂がすっかり落ちた瑞々しい肌の感触を愉しむゆっくりとした仕草で凛の平らな腹を撫で、腰骨に触れて、そのまま太股を指先で撫でる。

早く触れて欲しい。

そう思う凛の体はますます熱を籠らせてしまう。

自覚したくなくても、流れ落ちる湯を浴び続けている性器は触れられぬままに勃ち上がり、ゆらゆらと揺れる。

アシュファルが顔を俯けて凛の股間を見下ろし、吐息だけで笑った。

「もうそんなに硬くして……。自分ものを自分で扱いて果てたことはあるのか」

笑みを含む問いに、凛はぎゅっと目を瞑る。

「あるのかと聞いている。答えなさい」

命じる声が、ぴしりと凛の理性を打った。アシュファルの声には、命じることに慣れた者の響きがある。

凛は、ダイヤのアンクレットだけを身に着けた裸の体を竦めた。

湯で濡れたディスダーシャ姿のアシュファルに後ろから抱かれている格好のまま、頬を真っ赤にしてこくんと頷く。

もう一度、耳元でアシュファルが笑う気配がした。

「では、ここで命じよう。もう二度と、自分の手で精液を絞るような真似をするな。お前が興奮した姿を晒すのは、一人のときであろうと許さない。――声を上げて精液を飛ばすのは、私の手の中でだけだ」

言葉と共に、アシュファルの手のひらが、半ば勃ち上がった凛の性器を包む。それだけで、凛の性器はぐっと力を増してアシュファルの手のひらの中で膨れ上がった。

「あ…ッ……」

「どうした、返事をしなさい。凛」

どくん、どくんと自分の耳に鼓動が聞こえるほど、興奮した体を持て余し、凛は切なく腰を振る。

それにあわせてアシュファルの手も強弱をつけて凛の性器をより硬くさせた。

「ア……、ん、んっ……」

されるがままに腰を振り、与えられる快楽に酔いながら凛は振り返って肩越しにアシュファルを見つめる。

唇を噛んで、もう一度小さく頷いた。

「――自分では…、しない…っ……」

弾けるシャワーの水音に掻き消されるような小さな声で告げる。

あまりの恥ずかしさに目を伏せると、凛の頬にアシュファルの唇が触れた。そして、掴まれている性器へ与えられる刺激がさらに強まる。

くちゅくちゅといやらしく先端を捏ねながら、裏筋に沿って指先を這わされて、凛は堪らず喉を反らして声を上げた。

「やぁ…ッ！　……だめ…ッ、出る…っ……」

「出しなさい、私が許す」

きゅっと絞り上げるように指を絡ませられ、凛は身を震わせてアシュファルの手の中に精液を放った。

「――――ッ……！　んっ、ぅ……」

びゅくびゅくと精液を放ち、白濁がシャワーの湯に流されてゆくのをぼんやりとした視界の隅で見下ろす。

アシュファルの大きな手が、最後の精まで搾り取るかのように凛の性器をそっと扱いた後、力の抜けた凛の体を抱き締めた。

耳元で、甘く魅惑的な声が聞こえる。

「さあ、次はベッドで抱いてやろう。……裸で体をあわせて、私の精を体内で受け止めるんだ」

凛は、アシュファルの濡れたディスダーシャの胸に身を預け、アシュファルの言葉のままに頭の中に描いてしまう光景に、火照った頬をさらに赤くさせた。

アシュファルに抱かれる……。

そう思っただけで、胸が高鳴るのは何故なのだろう。

作られた砂漠の天使などという計画を推し進める為に、条件だけで選ばれた外国人観光客と、この国の王子という関係でしかないのに。

どうして、こんなに胸が苦しくなるのだろう。

「……凛」

アシュファルの吐息混じりの声で呼ばれる自分の名が、こんなに甘く響くものだと凛は今まで知らなかった。

「ン……っ、ぁ……！」

凛はベッドの上で裸で横たわり、濡れた髪をシルクの羽枕に散らして喘いでいた。

仰向けで大きく開かされた両脚の間には、裸で体を重ねているアシュファルがいる。プラチナ色の髪先で凛の腹を擽るようにして顔を上げ、片手で身を支えて上気した凛の顔を見つめた。

翠色の瞳が甘く煌く。

「ほんの少し舐めてやっただけで、またこんなに硬くなっている。……凛、おまえの体はなんて貪欲なんだろうな」

「や…っ、違う……っ…」

喘ぎを殺すように口元に手の甲をあて、閉じていた目を上げてアシュファルを見上げる。

アシュファルの褐色の裸体は、完璧に形作られた筋肉が美しく隆起していて、同じ男でありながらも見惚れてしまうようだ。

アシュファルが、片腕で身を支えたまま、もう一方の手で凛の勃起した性器の先端に触れる。

ふ、と唇の形だけで笑った。

「一度達した後だからな、まだ柔らかくて舌触りがいい。おまえの真珠色の体の中で、性器と胸の先だけが熟した桃のような色をしている。……見えるか？」

「やだ…っ、そういうこと言うな……っ！」

首を横に振っても、アシュファルは笑みを浮かべたまま凛の性器を指の先で捏ねる。

つい先ほどのまで、アシュファルの口に含まれて舌で愛撫されていた性器は唾液にまみれててらてらと光り、先走りまで滲ませていた。

アシュファルの爪が、凛の性器の先端で止まる。くっと力を込められて、先端の穴を露出させられた。

「んっ……」

「ほら、もっと出したいと喘いでいる。……こんな蜜だけではもの足りないのか？」

からかう言葉と共に、先端の穴からぷくりと膨れ上がって溢れ出した先走りを指先で掬い取る。そして、凛に見せつけるかのように、濡れた指先を唇に運んだ。

ちらりと舌先を覗かせてそれを舐め取る。

「……っ、そんなことするなっ」

あまりの恥ずかしさに見ていられない。

性器を直接舐められるよりも、溢れさせてしまった蜜を見せつけられて舐められるほうが恥ずかしい。

頬を真っ赤にして目を閉じる凛に、アシュファルが薄い笑みを見せる。裸の体を僅かに後ろにずらし、凛の両脚を掴むと肩に担ぎ上げるように高く掲げた。

凛は、突然の体勢の変化に驚いて目を見開く。

大きく開かされた自分の両脚の間から、ベッドに座ったアシュファルを見る形になり、あまりの羞恥に息を止めてしまう。

凛の前で勃起している性器は、この羞恥を快楽と感じてか触れられぬままぐんと形を変えて腹につくほど反り返る。

アシュファルが、凛の細い足を両手で支えて膝を肩に引っかける姿勢にさせ、性器はおろか後孔まで完全に晒させた。

ひくり、ひくり、と震える凛の赤らんだ後孔を覗き込む。

「ああ…、まだ少し腫れているようだな。ホテルのジャグジーで抱いたとき、ここは綺麗なピンク色をしていたから。……それとも、私のものを待ち望んでいるのか？」

「そ…んなの……、わかんない…っ……」

これ以上無いほど恥ずかしい格好にさせられた凛は、腰がベッドから浮き上がり肩で体を支えているような苦しい姿勢で息をつめる。

両膝をがっちりとアシュファルの肩に掛けさせられているせいで、足を閉じたくても閉じられない。

どうしようもないほどの羞恥を感じ続ける体はうっすらと朱に染まり、胸先は硬く尖って上を向いていた。

性器は限界まで反り返ってアシュファルの唾液と溢れさせてしまった先走りで濡れそぼり、幹を伝って後孔まで濡らしている。

それに気付いたらしいアシュファルが、片眉を上げる表情をして身を屈める。軽く顔を傾けて、凛の後孔に唇を寄せた。

凛は、ひっと喉奥で息をつめる。後孔に、柔らかく温かいものが触れ、さらりと舐め上げられる感触がした。

「い…っ……、やぁ……」

涙混じりの声を上げて、抱え上げられた両脚で力なくアシュファルの裸の背を打つ。しかし、アシュファルは凛の後孔に舌を這わせ、周囲の襞を広げるかのように舌先でなぞった。

微かに唇を離して囁く。

「覚えているだろう…？　ほんの数時間前に、ここで私のものを咥え込んだことを。……この中に私が出した精液が残っているかもしれない」

言いながら、ホテルのジャグジーで激しく突き上げ、体内へ注ぎ込んだ精液を探るかのように、後孔へ舌先を押し込む。

体内の粘膜でひやりとした舌の感触を知り、凛は涙を流して首を激しく左右に振った。

「やぁっ！　嫌…っ、そんなところ舐めるな…っ……！」

「じゃあ、どうして欲しいんだ。言ってみなさい」

アシュファルが、後孔の唇を触れさせたままで問いかける。

凛は、目に涙を溜めてしゃくりあげながらアシュファルを見た。俯いていたアシュファルの翠色の瞳が上目に凛を見つめ、甘く微笑む。

凛は、一つ大きな息をついた。

「抱い…て……」

「ん…？」

言葉の続きを促しながら、アシュファルが凛の足を肩からそっと下ろす。シルクのシーツの上にそっと延べさせ、体を前にずらして横たわる凛の顔を真上から覗き込んだ。

「どんな風に抱いて欲しいのか言ってみなさい。ジャグジーでしたように、後ろから突き上げて欲しいのか、両腕で抱き締められながら、私の胸に頬を埋めて抱かれたいのか」

言葉に促されるように、凛はこくんと頷いた。

やっと、自分の中の欲望が形になった気がする。

「抱き締めて…、抱いて……」

掠れるほど小さな声だった。

しかし、アシュファルはその声を聞き逃すことはない。凛の上にそっと身を重ね、両腕で細い凛の体を強く抱いた。

凛は、間近にあるアシュファルの体温を全身で感じてうっとりと目を閉じる。圧倒的な幸福感が胸に迫る。

どうして、こんな気持ちになるのかわからない。

理屈ではなく、アシュファルの存在自体に惹かれてしまっているのだろうか。

圧倒的な、アシュファルに。

アシュファルのことを、もっと知りたいと思ってしまうのを止められない。

まだ、何も知らない。アシュファルのことを……。

「――凛、私の側にいろ」

命じるアシュファルの声に、凛は考えるより先に頷いてしまった。

理由など、わからなくてもいい。

熱に浮かされているだけなのかもしれない。時間が経って冷静になれば、自分を取り戻すこともあるのかもしれない。

しかし、今はもう何も考えたくない。アシュファルの側にいたい。

「アシュファル…っ……」

名を呼ぶと、アシュファルが微かに顔を上げて軽く頷く。翠色の瞳が甘く煌き、凛はその色に酔った。

ゆっくりと目を閉じ、アシュファルの腿が自分の膝を割って体を押し込んでくるのを感じる。

大きく開かされた両脚の間、舐め湿らされた後孔に、アシュファルの熱く硬い性器が押しつけられた。

それを押し込まれるときの衝撃を思い、くっと息を止めたとき、不意にアシュファルが凛の名を呼ぶ。

「……凛、俺の砂漠の天使…」

「――…ッ、あぁぁっ!!」

天使ではない、と、告げる暇は無かった。凛は、一気に体をアシュファルの性器で貫かれて限界まで背を撓らせる。

両手でシルクのシーツを掴み、顔を横に向けて歯を食いしばった。

根元まで押し込まれたアシュファルの性器を、内壁で千切るかのようにきつく締め上げる。

アシュファルが、苦しげな息をついて凛の強張った肩を抱く。もう一方の手で、シーツを掴む凛の手を引き剥がして自分の肩に掛けさせた。

凛は、我慢出来ずにアシュファルの褐色の肌に血が滲むほど爪をたてる。

ぐっと体内でアシュファルの性器が膨れ上がった。

「凛…、凛……」

名を呼びながら、アシュファルが腰を突き上げる。凛は、必死に体から力を抜こうとしながら、薄く目を上げた。

真上に見えるアシュファルの翠色の瞳が凛を見つめ、プラチナ色の髪が美しい褐色の肌を彩っている。

「――アシュファル…っ……」

筋肉が浮かび上がるアシュファルの肩に、凛は自分から頬を擂り寄せた。熱い体温を押しつけた頬で感じ、汗ばんだ二人の体が擦れあう動物的な匂いに酔う。

ぐしゅ、ぐしゅ、と、鳴るのは繋がってる後孔だろうか。

凛には、もうよくわからない。

ただ、体全体でアシュファルを感じ、突き上げられるままに喘ぎ続けた。

「ぁ……ぁん！　――――ッ……」

互いに腹で擦られた凛の性器が、びゅくっと二度目の精を飛ばす。

量の少ない精液を腹に塗り込めるようにして、アシュファルがさらに体を密着させながら凛を突いた。

「ん！　……ああっ！　ぁッ……！」

突き上げのたびに声を上げ、次第に朦朧としてくる意識の中でアシュファルの背に縋る。

体内で蠢《うごめ》くアシュファルの性器をまざまざと内壁で感じ、熱さと硬さに支配されていく。

二度、精液を放った凛の性器は柔らかく萎えたままであるのに、意識だけが高まっていく。

射精する直前のような全身の痺れが凛を襲った。

「あ、――――イク…、いっちゃう…っ……！」

「私もだ……、凛」

熱に浮かされたようなアシュファルの掠れ声が聞こえた瞬間、凛は背を撓らせてびくんと震えた。

精液が出ないまま達した衝撃は、凛の内壁を竦ませる。

アシュファルの性器がぐんと膨れ上がった。

「ヤッ、あぁっ!!」

凛の悲鳴と、押し殺したアシュファルの吐息が同時に部屋に響く。

内壁をばしばしと迸る精液で叩かれ、凛は堪らずにさらに内壁を蠢かせた。

「く……っ、凛…っ……」

苦しげなアシュファルの声が聞こえた瞬間、凛はきつく閉じていた目をうっすらと開けた。

まだ、体内でびくびくと震えるアシュファルの性器を感じながら、喘ぎ乾いた唇を開く。

「ここに居る……アシュファルの側にいる。——俺は、天使なんかじゃないけど……」

「凛……。私にとって、おまえは正真正銘の天使だ」

甘く掠れたアシュファルの声を聞きながら、凛はうっすらと笑った。

体はまだ繋がったまま、体内でアシュファルの性器を感じているのに、意識がまた遠退きはじめている。

無意識の仕草でアシュファルの背に縋ると、アシュファルは凛の体に腕を回してきつく抱き締めた。

凛は、全身をアシュファルに包まれているような幸福感を感じて目を閉じる。

このまま、眠ってしまってもアシュファルはきっと側にいる。

そんな確信めいたものが胸の中にあって、凛は少し笑ってしまった。

自分がここまで楽天的な人間だったとは、今まで知らなかった。

一人旅でやってきた砂漠の王国で、砂の天使と呼ばれ、翠色の瞳を持つ王子の腕の中にいる。

この先、どんなことになるのか凛にはわからない。しかし、アシュファルが全て上手くやってくれるだろう。

側にいろと命じたのはアシュファルで、側にいると決めたのは自分なのだ。

「……アシュファル…」

意識が途切れそうになりながら、その名を呼ぶ。

アシュファルが、それに応えるようにしっかりと凛の体を抱いた。

俺の天使……と囁く、アシュファルの声が凛の耳に届いた。

終

あとがき

こんにちは、はじめまして。上原《うえはら》ありあです。

本当にほんとうに！　お久しぶりです、ご無沙汰しておりました。おかげさまで、私は元気にやっております。

……という、古い友人へのお手紙のようなことになっておりますが（笑）この、「囚われた砂の天使」の最初の本は、約十年前に発売の。今回、ご縁があり文庫化していただくにあたり、改めてあとがきを書いている次第です。

でね、文庫化のために久しぶりにゲラを読みなおしていて。

「いやあ……、趣味ってけっこう変わんいないもんだなあ……」

と、思いました（笑）カッコいい人ってこんな人！　可愛い人ってこんな人！　みたいな趣味って、ほんとに一貫してるわー。

それにしてもこの本を書いていた約十年前から、砂漠の国行ってみたいなあ……と思っていたのに、まだ行けていない！

直行便があるから行きやすいと聞く、ドバイに行きたいんですけど！　砂漠を四駆で駆け抜ける、デザートドライブツアーに参加したいんですけど！

このお話の冒頭では、そのデザートドライブツアーで、ツアーからはぐれ砂漠の真ん中で迷子になってしまう……という、本気で命の危機に瀕しちゃう主人公が登場しちゃいます。こんな状況で偶然通りかかってくれる人がいるって、ほんとに運命ですよね？

運命が命の危機と一緒にくるのは、けっこうハードですが……まあ、それもひっくるめて運命なんでしょう。幸せになれれば、それでいいのです。

幸せって、なんていうかな……最終兵器？

そうなることがわかっているなら、途中、途中のしんどいことも乗り越えられる。登ったり下ったり、波間で泳いじゃったりして、案外途中も楽しめちゃうかも。

なんてことを、この本を書いていた当時より約十歳年を重ねた私は思うのでした。

さて、今回は思いがけず降って湧いたような文庫化のお話を下さった、担当のM様。そしてこの本を手に取って下さった、すべての皆様へ。

最大の愛と感謝を込めて。ほんとうにありがとうございます。

上原ありあ

Cocktail Kiss Label

# カクテルキス文庫
好評発売中！！

自分は偽物だと、わかっているのに――。

## オーロラの国の花嫁

**妃川　螢：著**
**えとう綺羅：画**

北極圏を彩るオーロラの国で独り窮地に陥った洵を救ってくれたのは、北欧貴族のアレクシスだった。彼の古城に招かれて、至れり尽くせりの待遇を受ける洵。その恩返しとして洵が演じる事になったのは、彼の“花嫁”役で!?　大切に扱われるうち、次第に彼に惹かれていく洵。自分は偽物だから、そんなに優しくしないで…そう訴えた洵に、アレクシスは蕩けるキスと、初心な柔肌に過ぎる程の快感を与えてきて…。フィンランドの古城で煌めく、御伽噺みたいな恋♥

定価：本体 573 円＋税

わたしたちは、最高の恋人を手に入れた――。

## 神獣の寵愛
**〜白銀と漆黒の狼〜**

**橘かおる：著**
**明神　翼：画**

ある雨の日、敬司はバイトの帰宅途中、雨に濡れてきゅんきゅん鳴く仔犬を拾う。翌朝、一緒に寝たはずの隣には超有名モデル兄弟の弟・大上猛流が裸で横たわっていた!!　昨夜の仔狼は猛流自身で、神代の力を継ぐ大神一族の直系、兄・雅流は次代の長と告白される。一族は山で神として祭られていたが、近代化の影響で力の衰退を防ぐため都会へ移ったという。秘密を知ったが為に始まった、彼らとの不思議な監視生活のような同棲生活が始まって♥
神獣兄弟とのふわもふラブ★　オール書き下ろし！

定価：本体 573 円＋税

## カクテルキス文庫
Cocktail Kiss Label

好評発売中！！

あんまりつれなくすると、ベッドで苛めるぞ。

### 野良猫とカサブランカ

中原一也：著
実相寺紫子：画

男に飼われていた過去を持つバーテン・律は、どこか陰のある傲慢な刑事・須田に捜査の協力を頼まれる。母譲りの美貌と線の細い躰に反して生意気な律の反応を面白がり、挑発してくる須田。憤りを隠せない律だったが、消し去りたいはずの過去を互いに抱えながらも、対峙する強さをもつ須田に掻き乱されていく。意地の張り合いと酒の勢いから、律の中に眠る被虐の血を呼び起こす須田だったが…責め苦に悶え悦ぶ罪深い躰を思い知らされた律は!?

魅惑の書き下ろしを収録＆待望の文庫化♥

定価：本体 591 円＋税

逃げられないと思っておけ――。

### 宿命の婚姻 ～花嫁は褥で愛される

義月粧子：著
みずかねりょう：画

アルバイト先のホテルで行われた受賞パーティで、笠置ゆうはある男と出会う。目が合った瞬間、心を奪われ、衝撃が全身を駆け抜けた――。数日後、笠置家の末裔として、鷹司家の次期当主である柾啓の「花嫁」を選ぶためのお茶会という名の見合いに招待されたゆう。そして、そこに鎮座するのは、ホテルで出会った男だった。花嫁として迎えられたゆうは、惹かれる気持ちが止められず、柾啓の熱い指に翻弄される。躰の相性は合うも、柾啓の態度はつれなくて……!?

至福のオール書下ろし

定価：本体 582 円＋税

Cocktail Kiss Label

カクテルキス文庫をお買い上げいただきありがとうございます。
先生方へのファンレター、ご感想は
カクテルキス文庫編集部へお送りください。

〒101-0051　東京都千代田区神田神保町2丁目7　芳賀書店ビル6F
株式会社Jパブリッシング　カクテルキス文庫編集部
「上原ありあ先生」係　／「有馬かつみ先生」係

# 囚われた砂の天使

2016年8月30日　初版発行

著　者　上原ありあ

発行人　芳賀紀子

発行所　株式会社Jパブリッシング
〒101-0051　東京都千代田区神田神保町2丁目7
芳賀書店ビル6F
TEL　03-4332-5141
FAX　03-4332-5318

印刷所　中央精版印刷株式会社



初出　囚われた砂の天使………アルルノベルス（2007年刊）改稿

ISBN978-4-908757-21-1　Printed in JAPAN